もうヒグラシの声は聞こえない

青谷真未

ポプラ文庫ピュアフル

JN148881

セミたちの声が聞こえない。

屋内プールに入る前はどこに行ってもセミの声が耳について煩わしいくらいだったのに、監視台に上がった途端、耳に飛び込むのは絶え間ない水音と悲鳴じみた子供の歓声ばかりになった。夏休みに入ったばかりの市民プールは混雑していて、外で鳴き交わしているセミの声など聞こえるはずもない。

僕は監視台の上から窓の外へ目を向ける。

プール内は湿度が高いせいか窓が曇って、空の青さもくすんで見えた。

どうして夏の空は、授業中に教室の窓から見上げるときが一番綺麗に見えるのだろう。

夏休みが始まり、教室を抜け出した今になってそう気づく。

どこかで大きな水音が上がり、再び視線をプールへ戻した。監視員たるものよそ見はいけない。

監視台から見下ろすプールはいつもと少し違って見える。夏休み前に水泳部を引退するまで実に十年近くプールに通っていたが、この高さから水面を見下ろす機会はあまりなかった。

二十五メートルプールはコースロープで大きく二つに分かれている。一方は自由コースで、縦に泳ごうが横に泳ごうが制限はない。小さな子供たちが縦横無尽に泳いでいる。

もう一方は三つのレーンに分かれており、ひとつは歩行用、残りの二つは競泳用で、皆が一方向に泳いでいた。競泳用のレーンは泳ぎの達者な人たち専用といった雰囲気で、二十五メートルの途中で足をつく人は滅多にいない。

フォームの綺麗な人には自然と目がいった。高齢の男性が抜き手で泳いでいたりすると、これもまた目を奪われる。大きな飛沫を上げて気持ちよさそうだ。

ときどき金属を叩くような高い歓声が天井に響く。真昼の市民プールには子供が多く、親に連れられている小さな子はもちろん、小学生くらいの子供たちもたくさんいた。

僕は小学校に入ったばかりの頃まったく泳げず、必要に駆られて市民プールに通った口なので友達とプールで遊んだことはほとんどない。競泳用のレーンで泳ぐ人たちのように、ただ黙々と泳ぎ続ける記憶があるばかりだ。

子供たちが友達同士で泳ぎ方を教え合っている姿を眺めていたら、目の端を何か異質なものが過《よぎ》った。

子供と老人が大半を占める市民プール。そのプールサイドを、静かに横切る影がある。黒い水着を着た女性だ。ひときわ僕の目を惹いたのは、彼女が着ていた競泳用の水着だった。

女性は黒い帽子に髪を押し込み、すでにゴーグルも着用している。プールサイドで軽く腕を回す姿は選手のそれだ。紺のスクール水着を着た小学生や、花柄の水着をまとう高齢の女性たちとは佇《たたず》まいからして違う。

ほとんど飛沫《しぶき》も上げず水に入った彼女に自然と視線が引き寄せられた。

僕も長年競泳をやってきた。とはいえ、ほとんど記録を残すことはできなかったし、来春の大学進学を機に水泳はやめるつもりだけれど、やはり選手を見ると意識してしまう。彼女がどんな泳ぎをするのか気になった。

すぐさま競泳コースに向かうかと思いきや、彼女は自由コースの壁際に立った。

自由コースの中央付近では子供たちが水をかけ合って遊んでいる。あの集団をよけながら泳ぐくらいなら競泳コースに行った方がよさそうだが。

不思議に思ってますます目を逸らせない。彼女は肩まで水に沈むと、勢いをつけてプールの壁を蹴った。蹴伸びのまま五メートルラインを越え、水面に顔が出る。

次の瞬間、僕は本気で監視台を下りてプールに飛び込みそうになった。

彼女が溺《おぼ》れているように見えたからだ。

激しく水飛沫を上げ、彼女は必死で手足を動かしていた。帽子をかぶった頭が水面から浮かんだり沈んだりする。足でも攣《つ》ったのかと思ったが、一応は前に進んでいるようだ。

水面から顔が出た。息継ぎをしたようだが、水を飲んでしまったのかすぐ立ち上がる。

肩で息をしながら、彼女は再び壁際まで戻った。きちんと歩いているところを見ると足が攣ったわけでもなさそうだ。再び肩まで水に浸かり、勢いよく壁を蹴る。

蹴伸びは綺麗だ。まっすぐに体が伸びている。

しかし問題は水から頭が出た後だ。派手な水飛沫を上げて水を蹴り、大きく腕を回しているが左右のリズムはばらばらだった。息継ぎをしようとすると力が入るのか、体が水に沈んでいく。

半分溺れているように見えるが、多分泳いでいる。

颯爽とプールサイドを歩いてきたときとは別人だ。別の意味で彼女から目を離せなくなる。

背中の大きく開いた競泳用の水着を着て、連れもなく真剣な顔で水に入った女性が、まさか溺れかけのクロールを披露するなんて夢にも思わない。なんの冗談かと思ったが、それにしては彼女の顔は必死過ぎた。息継ぎをするたび鼻から水でも飲んでしまうのか、苦しそうに咳き込んでいる。

監視員のアルバイトを始めてまだ三日目だが、初めて本気で台から下りるべきか悩んだ。溺れているのかいないのか、非常に判断に迷う泳ぎ方をする。

彼女は何度も壁際に戻り、不器用なクロールで辺りに盛大に水を跳ね上げては、プールの半分まで達しないうちに足をついてしまう。延々とその繰り返しだ。

溺れているわけではなく、単純にフォームが無茶苦茶なだけらしい。

救助に向かう必要はなさそうだと彼女から目を逸らす。が、どうしたって気になる。せめて競泳用の水着を着ていなければ無視できたのに、あんなにも泳ぎが達者そうな外見であの泳ぎ方は卑怯だ。看過できない。

結局彼女は二時間ほど壁際でばちゃばちゃとクロールらしきものを練習していた。ときどき周囲の子供たちが、彼女の派手な泳ぎを指さして笑う。

少しだけ居た堪《たま》れない気持ちになった。

僕も小学生の頃、あんなふうに不格好なクロールしかできなくてクラスメイトたちに笑われた記憶があるからだ。


中学生まで通っていた水泳クラブのコーチに、市民プールの監視員のバイトを持ち掛けられたのは全くの偶然だった。

一学期の期末試験を終え、近所のコンビニでアイスを買って解放感に浸ろうとしていたら数年ぶりにコーチと会った。懐かしさから軽く近況報告をして、その場でバイトを勧められたのだ。

七月から八月の末までバイトに入る予定だった大学生が風邪をこじらせ肺炎で入院して、一週間は様子を見なければいけないらしい。その代打を持ち掛けられた。

僕は高校三年生だが、通っている学校は中高大学まで一貫校だ。受験勉強はない。部活も引退して暇を持て余していたので、二つ返事で引き受けた。

一週間の短期バイトも今日で終わり、ロッカールームで服に着替える。

市民プールの開放時間は朝の九時から夜の九時まで。朝からバイトに入るときは夕方六時まで、昼から入る場合は閉館まで監視台に上っていたが、案外悪くないバイトだった。幸い事故やトラブルもなかったし、何より途中から彼女がいた。

バイトを始めて三日目に現れた競泳水着の彼女は、あれから連日プールを訪れるようになった。そして毎回クロールの練習をするが、びっくりするほど上達しない。

プールでは五十分ごとに十分間の休憩が入るのだが、プールサイドで休憩する彼女はいつも黒の競泳水着を着ていた。ゴーグルを外した顔立ちは予想より優しげで、年は僕とそう変わらなそうだ。思い詰めた顔でプールを見詰め、休憩時間が終わるや誰より早く水に入っていく。そして二時間、水の中でもがくようにクロールを続けるのだ。

せめて腕の動きを教えられたら、と何度か思った。キック力はあるようだが、膝が曲がっているので下半身が沈んでしまう。

着替えを終えた僕は、市民プールのスタッフに一声挨拶をしてからロビーに出る。

飲み物やアイスの自動販売機が置かれたロビーでは、プールから上がったばかりでまだ髪を湿らせた人たちがソファーに腰かけ休憩している。

ロビーの隅には血圧計。さらに、水着のかかったハンガーラックがひっそりと置かれていた。

夏の間、市民プールのロビーでは水着などの水泳用品を売っているらしい。男性の水着は比較的無難なものが多いが、女性のそれはバカンスで着るような派手な柄物が目立つ。市民プールに来る機会などこれまで滅多になかったので知らなかった。小学生のとき、父親に連れられて来たのが最後だろうか。

あのときは父がクロールを教えてくれた。でも僕は自分の不格好なクロールが恥ずかしくて、周りの人間に見られているのではないかと気にして、水に入ってもなかなか泳ごうとしなかった。

それに比べると彼女は潔い。たったひとりでプールに来て、誰に教わるでもなくクロールを体得しようとしている。人目が気にならない質《たち》なのか。誰かに教わろうとは思わないのか。この数日間、遠くから眺めていただけなのに彼女のことが妙に気になった。

空調の利いたロビーから外に出ると、熱い空気がむっと全身を包み込んだ。見上げた空は厚い雲に覆われているが、日差しがなくともうんざりするほどの暑さはそのままだ。

プールに併設された市民体育館の背後には雑木林が広がっていて、木々の向こうからセミの声が聞こえてくる。

夕暮れに響くのはヒグラシの声だ。

一匹ならカナカナと淋しく鳴くヒグラシも、何十匹という大合唱となると騒々しい。声の粒が驟雨《しゅうう》のように辺りに降り注ぐ。

ロビーの出口から歩道に続く数段の石階段を下りていると、濡れたコンクリートの匂いが鼻先を掠《かす》めた。雨粒が皮膚に当たるより先に雨の気配を察知して、ロビーの入り口脇にある駐輪場を足早に横切り、バス停へ向かう。

自宅からここまでは自転車で十五分ほどの距離だが、バイト中は交通費が支給されると聞いて迷わずバスで通うことに決めた。真夏の炎天下に自転車を走らせるより、冷房の利いたバスに揺られていた方がずっといい。

バス停が見えてくるにつれ雨脚が強くなってきた。

停留所には雨避《あまよ》けの屋根がある。あと数メートルの距離がやたら遠く感じるのは、一足踏み出すごとに雨が勢いを増していくからだ。シャワーの栓を捻《ひね》るように強くなる雨を掻き分け、文字通り停留所へ飛び込んだ。

わずかな時間だったがシャツの肩がずぶ濡れになった。湿った前髪を掻き上げて、そこで初めて停留所に先客がいたことに気づく。

小さなベンチに、セーラー服を着た女性が腰かけていた。脇にプールバッグを置いているところを見ると市民プールの利用者だろうか。肩先で髪を切り揃え、バスの時刻表を眺めている。

横顔に見覚えがあった。競泳水着の彼女だ。

この数日間、一方的に彼女を見ていた僕は棒立ちになる。突然の邂逅《かいこう》に驚いて彼女から目を逸らせない。まさかこんな間近で顔を見られるとは思わなかった。

彼女は僕を振り返ることなく時刻表を眺め続けている。

遠目からでも色白だとは思っていたが、近くで見ると一層肌が白い。真夏なのに、と不思議な気持ちになった。僕なんて学校の行き帰りに外を歩くだけで黒く日焼けしてしまうのだけれど、彼女は夏の日差しにさらされたことなどないような白さだ。

雨はますます勢いを増し、辺りは夜のような薄暗さになる。

停留所に蛍光灯が灯った。ゆっくりと光が強くなり、白々と彼女を照らし出す。

蛍光灯の青白い光を浴びた彼女の頬は、どこか青みを帯びて見える。柔らかで頼りのない頬の白さは何かを彷彿させた。

しばらく考えて、羽化したばかりのセミだ、と思い至った。あの作り物めいた白さに似ている。

彼女の横顔を眺めてそんなことを考えていたら、さすがに視線が気になったのか相手がこちらを向いた。僕は慌てて目を逸らし、彼女の腰かけるベンチの端に腰を下ろす。

雨はやまない。むしろ強くなる一方だ。停留所の屋根を雨粒が激しく叩き、向かいの道路は白い紗《しゃ》をかけたようにけぶってよく見えなくなった。

先程まで聞こえていたセミの声も雨音が掻き消してしまう。こんなマシンガンのような雨粒を全身で受け止めたら、セミたちも残らず地に落ちてしまうのではないだろうか。

益体《やくたい》もないことを考えていたら、目の端で何かが動いた。彼女だ。膝の上で手を動かしている。

最初は指先でリズムを取っているのかと思った。音楽でも聴いているのか。だが横目で見た限り、イヤホンの類《たぐい》はつけていないようだ。

彼女の視線はまた時刻表に向いている。親指と人差し指で空気を摘まんだり弾いたりするようなあの動作はなんだろう。横目で見ていてもらちが明かず、思い切って首を巡らせた僕は、彼女の右手を見て慌てて視線を前に戻す羽目になった。

彼女の右手に、大きな火傷《やけど》の痕があることに気づいてしまったからだ。

手の甲に歪《いびつ》に広がる赤い染み。中心はケロイド状になっていた。あまりじろじろ見ていいものではないだろう。車も通らない雨の車道をまっすぐに見詰める。

激しい雨はまだやまない。雨脚が弱まる気配もない。バスもなかなかやってこない。バス停に他の客が現れる様子もない。

雨粒は間断なく地面を叩いてこんなにもうるさいのに、無言の彼女と二人きりで過ごす停留所は息詰まるほど静かだ。

水の音だけが辺りに響く。川の中州《なかす》に取り残されたような気分になった。屋根の下から出ることもできず、救いのバスはやってこない。

「あの」

絶え間なく屋根を打つ雨音に小さな声が重なった。自分でもよく気がついたと感心するほど小さな声だ。横を向くと、ベンチの端に座る彼女がじっとこちらを見ていた。

彼女の白い頬に黒髪が落ちる。目も、鼻も、唇も小ぶりで、目立った特徴のない顔立ちだ。けれど僕を見詰める瞳はこちらがたじろぐくらいにまっすぐで、はい、と答える声が上ずった。

「この市民プール、水泳教室とかやってませんか？」

彼女は僕を見たまま、背後の屋内プールを指さす。

なぜ僕にそんなことを訊いてくるのだろうとうろたえて、彼女の質問に答える前に質問を返してしまった。

「……泳げないんですか？」

毎日見ていたくせに白々しいのは百も承知だ。しかし彼女が監視台の上にいた僕に気づいていない可能性もある。

彼女はにこりともせず僕を見て、はい、と頷《うなず》いた。

「ご存じの通り泳げません。監視台からいつもちらちらとこちらを見ていたようなので、知っていますよね？」

どうやら僕が監視員であることを承知して声をかけてきたらしい。

抑揚のない口調から察するに苦情をつけたいわけではなさそうだが、僕は居住まいを正してぺこりと頭を下げた。

「すみません、不躾《ぶしつけ》でした。市民プールに本格的な競泳水着を着てくる人は珍しくて、つい」

「あれ、競泳水着っていうんですか」

初耳だ、と言わんばかりの言い草に驚く。それすら知らずに着ていたのか。驚きと困惑が入り混じった僕の顔を見て、彼女は言い訳のようにつけ足した。

「ロビーに並んでいた水着の中で、一番地味なものを選んだつもりだったんです」

「あの水着、そこのロビーで買ったんですか」

女性水着は派手な柄物が多かったが、無地の水着もないではなかった。デザインや機能性ではなく、他の水着より色が地味だという理由から彼女はそれを選んだらしい。

「スポーツ用品店とかなら、もっといろいろ種類があったのでは……？」

「直前まで水着を買うつもりなんてなかったんです」

直前とは、一体なんの直前だろう。

訝《いぶか》しい表情を隠せない僕に、彼女は淡々と説明する。

「たまたま市民プールの前を通りかかったらロビーで水着が売っていて、それを見て、泳ぎの練習をしよう、と思い立ったんです。だから……」

「急に思い立ったんですか」

話の途中だったが口を挟んでしまった。泳ぎの練習なんて急に思い立つことだろうか。疑問に思ったが、「はい、急に」と彼女はあっさり肯定する。無用な言い訳をしない辺り、本当に突如思い立ったのかもしれない。

「じゃあ、自分で水泳をマスターしようとして、ここのところ毎日プールに通ってたんですか？」

「そうです。でもさすがに無理が出てきたので、初心者向けの水泳教室を探そうかと」

「初心者教室に行くんですか、あの水着で」

「行きますね、あの水着で」

彼女は真顔だ。多分本気で競泳水着を着て初心者教室に行くつもりだろう。

中学生の頃に僕が通っていた水泳スクールでは、夜になるとプールの隅で成人向けの初心者教室が開かれていた。子供向けの教室とは違い、通っていたのは大半が趣味で泳ぎを始めたような年配の人たちだった。

そこに彼女のような十代の女の子が乱入してきたら絶対目立つ。彼女のことだから、背中が大きく開いたあの競泳水着で堂々と参加するだろう。その姿で溺れるようなクロールを披露したらコーチも二度見するに違いない。

想像しただけで唇の隙間から笑いがもれてしまった。

慌てて口元を手で押さえたが遅い。彼女は笑いもしなければ怒りもせず、真面目な顔で言った。

「失礼です」

「ごめんなさい、ごめん」

謝る声にも笑いが滲《にじ》んでしまって謝罪にならない。せめてもと、僕は肩の高さに両手を上げて、まっすぐ前に突き出した。

「教室に行く前に、ひとつだけアドバイスさせてください。腕を回すとき、焦って両手を動かしてるでしょ。片方ずつ動かした方がいい」

両手の指先を重ね、まずは右肘を引く。指先を真後ろへ向け、肩を回して再び前に伸ばす。右手の指が左手に触れたら、今度は左手で空《くう》を掻いた。

「右手が戻ってくる前に左手を動かすから上手く息継ぎできないんだ」

喋っているうちに敬語が抜けてしまったのは、彼女が制服を着ていたからだ。中学生には見えないので、恐らく僕と同じ高校生だろう。三年生だったとしても同級生で、自然と口調は砕けたものになる。

彼女は僕の動きをじっと見て、無言で両手を前に伸ばした。僕の動きを真似るように右腕で宙を掻き、しっかりと前に戻してから左腕を動かす。

「そう、落ち着いて動かした方がいいよ」

「息継ぎをするときはどのタイミングですか」

「指先が太腿《ふともも》に触れたくらいかな。前に伸ばしてる腕に耳をつける感じで上を向いて」

言われた通り彼女は体を動かす。意外と肩が柔らかい。呑み込みも早く、すぐに腕の動きがスムーズになった。回した腕を水に入れるときはできるだけ遠くに指を伸ばす感じで、と言ってみれば、きちんと体の動きが変わる。本当に水を掻いているかのように指先がまっすぐ伸びた。素直な性格のようだ。

雨はやまず、停留所にはバスも他の客も現れず、やることもないのでつい指導に熱が入った。身振り手振りを交えて一通りのことを教え終わる頃には、シャツの背中に薄く汗が滲んでいたくらいだ。

彼女は教わったことを反芻《はんすう》するようにぶつぶつと口の中で呟《つぶや》いて腕を回し、その手を膝に下ろすとぴょこんと頭を下げた。

「ありがとうございます、わかりやすかったです。体育の授業も、貴方みたいな先生に教えてもらいたかったです」

「本当？　だったら今からでも教えてあげようか？」

軽い口調で言ってみる。無論冗談だ。

顔を上げた彼女は無表情だったが、こちらを見る瞳はまっすぐぶれない。その強さにうろたえ、冗談だよ、と口にするタイミングを失った。新手のナンパとでも思われたら厄介だ。そんなつもりではなかった、と言い添えようとしたら、彼女が再び頭を下げてきた。

「ご迷惑でなければ、よろしくお願いします」

喉元まで出ていた声が引っ込んだ。顔を上げた彼女を、今度は僕が凝視する。どういうつもりだかわからない。

「……初心者教室に通うんじゃなかったの？」

尋ねれば、彼女は悩まし気な表情で目を伏せてしまう。

「もしも市民プールで教室のようなものをやっているのなら、隣の自由コースからそれを盗み見て泳ぎ方を覚えようと思っていたのですが」

「教室には入らないでってこと？　どうして。入会費が払えないとか？」

教室に入れば月謝が発生する。とはいえ、市民プールの教室なら費用はかなり安く済む。月謝なんて千円もかからなかったはずだ。

僕の言葉に、彼女は首を横に振った。

「お金の問題ではないんです。教室に通って、コーチや生徒と交流が生まれてしまうのが嫌なんです」

他人と交流したくない、ということは人見知りするタイプなのか。それにしては初対面の僕と当たり障りなく会話をしているように見えるが。

理解が追いつかない僕の表情を見て、彼女はさらにつけ足した。

「新しく友達や知人を作りたくないんです」

「でも、僕に教わるのはいいの？」

「通りすがりの人に教えてもらえるのが一番かと」

「通りすがり……」

確かにこの状況は、通りすがりに見知らぬ女子に泳ぎを教えた、と言えなくもない。何しろ互いの名前も知らないのだ。

悩んでいるうちに雨が弱まってきた。彼女は沈黙を諾と受け取ったのか、改めて僕に頭を下げる。

「これからも毎日プールに通うつもりなので、気が向いたら声をかけて下さい」

「時間はいつ頃？」

「決めなくても結構です。偶然会えたら、くらいの気持ちでいてもらえれば」

「連絡先とかは……」

「教えません」

きっぱりと言い切られてしまった。本当に、互いの関係を『通りすがりの他人』にしたまま泳ぎを教わるつもりか。そこまで他人との接点を持ちたがらない理由もわからなければ、そうまでして泳ぎを教わりたがる気持ちもわからない。

気がつけばあれほどうるさかった雨音は引いて、停留所の屋根から滴《したた》る水と、下水に流れ込む水の音が耳につき始める。うっすらとセミの声も戻ってきた。マシンガンのような雨を受けながらも生き残った個体がいたらしい。

彼女は生真面目な顔で僕を見ている。冗談を言っている様子はなかった。だからなおのこと返す言葉に迷って瞬《まばた》きしかできない。

夕暮れに鳴くセミの声がひとつ、またひとつと重なり始めた。昼間によく聞こえる、みんみんと耳障りな声とは違う。少しだけ物悲しい、かなかなと鳴くセミの声。

「せめて、名前くらいは教えてもらえないの？」

雨雲が去って、東の空がうっすらと赤くなった。

赤と紫のセロファンを重ねたような夕暮れ空の下、彼女が僕を見る。表情はない。雲間から射す光が、産毛の生えた彼女の頬を一撫でした。

「ひぐらし」

セミの声が大きくなる。

日暮れに鳴くセミの名前はヒグラシだ。

雨音にとって代わって辺りに響く、何匹、何十匹というヒグラシの声を背に、彼女は堂々と己の名をひぐらしと名乗った。

このタイミングでその名を出すとは、明らかに偽名だ。でも、彼女に似合う名前だとも思った。夕べにひっそりと鳴くセミは、プールサイドでひとり膝を抱える彼女の佇まいにどこか似ている。少なくとも、アブラゼミやミンミンゼミよりはずっと似合っていた。

深追いする気も失《う》せたところで、彼女がスカートのポケットに手を入れた。携帯電話を取り出して何か見ている。

「バスは来ないそうです」

出し抜けに言って、彼女はすらすらと何かを読み上げる。誰かから送られてきたメールの文面のようだ。

彼女によると、ゲリラ豪雨の影響で駅前の大通りで水道管が破れ、水柱が立って道路が封鎖されてしまったそうだ。駅前からこちらに向かってくるバスは軒並み運休とのこと。連絡をくれたのは彼女の母親らしい。これから車で迎えにきてくれるという。

ここで親の迎えを待つという彼女を残し、僕は停留所を後にした。すっかり雨もやんだし、自宅までは歩いても帰れる距離だ。

途中、一度だけ停留所を振り返ってみた。

彼女はまた時刻表を見ている。またしても右手が動いていた。宙を撫でるような動作にも見えるが、あれは一体なんだろう。

雨がやむとすぐ、濡れたコンクリートから熱気が噴き上がってきた。一日中、焼けつく日差しに晒《さら》された大地はそう簡単に冷えない。雑木林に潜んでいたセミたちもしぶとく生き残ったようだ。

雨上がりのバス通りには、雨の残響のようにヒグラシの声が響き渡っていた。

一週間の臨時バイトが終わったら、もう市民プールに行く機会もなくなるだろうと思っていた。部活も引退して、これからは水泳と無縁の生活が始まる。夏の終わりを待たずに水着も始末してしまおう。

そう決めていたにもかかわらず、バイトを終えたその翌日、僕は再び市民プールへと足を運んでいた。

昨日まではスタッフとして監視台に上っていたが、今日からは利用客として入場券を購入して中に入る。

訪れたのは夕方近い時間だった。

僕がバイトをしていた頃、彼女がプールに来る時間帯はばらばらだった。午前中だったり夕方だったり、特定のパターンはないらしい。

朝からプールに来て彼女を待っていることもできたが、彼女がどこまで本気かもわからない。気負って出かけていって、結局彼女が現れない、なんてことになったら馬鹿みたいだ。張り切った自分が恥ずかしい。

相手を待たせてしまっては悪いのではとも思ったが、時間も曜日も決めなくていいと言い出したのはあちらの方だ。そう簡単に会うことはできないと彼女も理解しているだろう。

今更慌てる必要もないと、更衣室からプールへと続く薄暗い通路をゆっくり歩いて、シャワーを浴びる。

プールサイドに出ると、独特の塩素の匂いが鼻先を過った。

窓から夏の日差しが差し込んで、滑らかな水面に眩《まぶ》しい光が反射する。利用客の数も多い。水で戯れる人たちの話し声や笑い声が、高い天井まで跳ね上がっては落ちてくる。外とは違う蒸し暑さの中、ぐるりとプールを見回して足を止めた。

最早定位置と言ってもいい、プールの壁際に彼女――ひぐらしの姿があったからだ。

黒い競泳水着に黒い帽子をかぶり、ひぐらしは今まさにプールの壁を蹴ったところだった。力任せのバタ足で、激しく水飛沫を上げている。でも腕の動きは少しスムーズになっただろうか。少なくとも、片腕を前に戻してからもう一方の腕を回すことはできるようになっていた。

僕もプールに入ると、溺れるように泳ぐひぐらしを傍《かたわ》らから抜かしてその前に立った。十メートルラインの辺りだ。

思った通り、ひぐらしは十メートルに到達する前に足をついてしまう。すぐさま壁際に戻ろうとしたが、途中で僕に気づいたらしい。こちらを見ながらゴーグルを外し、睫毛《まつげ》に滴る水を振り払うように何度も瞬きをする。ちょっと驚いたような顔だ。もしかすると彼女も、僕が本当にプールまでやって来るとは思っていなかったのかもしれない。

「コーチに来たよ」

片手を上げてそう告げる。

　喜んでくれるか、親し気な笑みを向けてくれるか。はたまた冗談を真に受けたのかとド
ン引きされるか。

一瞬の間に様々な想いが駆け巡ったが、ひぐらしから返ってきたのはどれとも違う、ひたすらに真剣な表情だった。

「よろしくお願いします」と律儀に頭を下げる姿を見るに、泳げるようになりたいのは本当らしい。とりあえず追い返されなかったことにほっとする。

「じゃあ、はじめようか」

二人して壁際に戻り、まずはバタ足の練習から始めた。プールの縁を両手で摑《つか》み、ばたばたと足を動かすあれだ。その辺の小学生もやっていないような練習だが、基礎からやった方が話は早い。

ひぐらしも文句は言わずプールの縁を摑む。プールの底と平行になるように体が浮き上がった。水に対する恐怖心はなさそうだ。

そんなことを考えていたら、ひぐらしがペース配分を無視した全力のバタ足を始めた。周囲に派手な水飛沫が上がり、周りの利用客がいささか迷惑そうな顔でこちらを見る。僕は掌《てのひら》で飛沫を避けながら慌ててストップをかけた。

「ゆっくりでいいよ。あんまり膝を曲げないように。それから足首を柔らかく使って。足を下げるときは足の甲で水を押す感じで、上げるときは足の裏に負荷を感じるように」

はい、と従順に返事をして、ひぐらしはバタ足を続けた。顔は水面に出したまま、黙々と足を動かしている。

黙って見ているだけなのも暇なので、今更ながら自己紹介をした。

「昨日は言い忘れたけど、僕の名前、島津満っていいます。君は——」

「ひぐらしです」

ひぐらしは少し息を乱しながら、昨日と同じ名を名乗る。本名を教えるつもりはないようだ。

「年は？　高校生だよね。二年？」

「……三年です」

少し迷ったようだが、ぎりぎり年は教えてくれた。しかし「受験は？」と尋ねても返事がない。これ以上彼女から個人情報を聞き出すのは難しそうだと、見切りをつけて話題を変える。

「ちなみにひぐらしの目標は？」

明らかな偽名を、さらりと口にして彼女を呼んだ。ひぐらしはちらりとこちらに視線を向けたものの、特に表情を動かすことなく答える。

「二十五メートルを泳ぎ切ることです」

「クロールで？」

「できれば平泳ぎでも」

「二種目制覇か。わかった。まずはクロールで泳げるように頑張ろう」

はい、とひぐらしは行儀のいい返事をする。けれど笑顔は見せてくれない。友達や知り合いを作りたくないと言っていたので、僕と打ち解ける気もないのだろう。

壁に凭《もた》れてひぐらしのバタ足を見守る。縁を掴む右手の甲にはやはり火傷の痕があった。水に濡れたケロイドは乾いたそれより痛々しく見える。

昨日は気がつかなかったが、右のこめかみにも小さな火傷の痕があった。前髪を下ろしてしまえばすっかり隠れてしまうが、親指の爪くらいの大きさがあり、水泳帽に髪を押し込むと目立つ代物だ。

気にはなったが、まだ会って間もないのに体の傷について尋ねるのは憚《はばか》られる。その上ひぐらしは僕と打ち解ける気が微塵《みじん》もない。火傷のことを口の端に掛けることさえできず、僕は淡々とコーチを続けた。

バタ足が少し様になってきたので、ビート板を使った練習に切り替えようとしたところで笛の音が響き渡った。十分間の休憩の合図だ。他の利用者と共に水から上がる。

プールサイドで膝を抱えるひぐらしの隣に腰を下ろした僕は、誰も入っていないのにゆっくりと波打つ水面を眺め、ひぐらしの方は見ずに口を開いた。

「なんで今更泳げるようになりたいの？」

今更、というのは、あまりいい言葉ではないだろうか。

何か新しいことを始めるのに早いも遅いもないのかもしれない。けれど高校三年の夏にわざわざ水泳を習おうという気が知れなかった。大学生になればプールの授業もなくなるし、泳げないなら泳げないで水辺に近づかなければいいだけの話だ。夏休みが終わったあともしばらく体育の授業は水泳が続くだろうが、授業で必要というならもっと早い段階に習い始めていただろう。

水辺に小石を投げ込むように、素っ気なく尋ねたきり黙り込む。半分は返答を期待していなかった。思った以上にひぐらしは自分のことを語りたがらない。黙殺されるかと思ったが、案に相違して返事があった。

「できないと、悔しいので」

抑揚の乏しい声は小さかったが、はっきりと僕の耳を打った。

休憩が始まる前は、屋内プールは騒々しいほどの人の声で満ちていたのに、休憩中はどうしてか皆が息を潜めて水を見ている。話し声も少なく、ひぐらしの声はくっきりと水辺に浮き上がった。

「でもそのうち、悔しかったことすら忘れてしまうから、その前に」

ひぐらしの声は淡々として、悔しい、という言葉がまったく似合わない。僕は形ばかり「なるほど」と返事をしてみたが、実のところ全然納得はしていなかった。

悔しかったことすら忘れてしまう、なんて、ちょっとばかり照れくさいセリフだ。悔しいのなら忘れてしまえばいいのに。できないことがあったって別に問題はない。

大人になることはなんでもできるようになることじゃなく、できることとできないことを取捨選択して、できないことを上手に退けていけるようになることなんじゃないだろうか。

そんなことを言ったらどんな反応が返ってくるだろう。横目でひぐらしの様子を窺《うかが》ってみる。

ひぐらしは顎《あご》から水を滴らせ、一心に水を見ていた。

僕は下らない質問を自ら丸めて放り投げる。僕の言葉に同意するぐらいだったら、端《はな》からたったひとりでプールに通い詰めたりするわけもないのだから。

初日の練習で、ぎこちないながらなんとかひぐらしのフォームを整えることができた。それでも泳げたのは十メートル程度だ。やはり息継ぎが難しいらしい。

二時間ほど泳いだ後、ひぐらしはプールサイドで僕に礼を言って、次回の約束も取りつけずシャワーの向こうに消えていった。

これっきり、ということだったのかもしれない。けれど次の日も、僕は懲りずに市民プールへ向かった。

半分賭けのような気分だったが、ひぐらしはいた。そして当たり前のような顔で僕に会釈《えしゃく》をして、バタ足の練習を始めた。帰り際はやっぱりプールサイドで、次の約束はせず礼だけ述べて帰っていく。

次の日も、その次の日も僕はプールに行った。

ひぐらしは変わらずプールにいて、何度会っても通りすがりの他人から泳ぎを教わっている、という態度を変えなかった。余計なお喋《しゃべ》りはほとんどしないし、自宅がどの辺りにあるのかもわからない。本名だってわからないままだ。

だが、ひぐらしの泳ぎは着実に変化していた。

初日は十メートルも泳げなかったのに、二日目にして十メートルラインを越え、三日目でプールの半ばを過ぎ、四日目ともなると最初から二十メートルを超えてきた。

最大のネックはやはり息継ぎのようで、対岸まであと数メートルの所で立ち上がって激しく咳き込む。

水に顔をつけているときは鼻から息を吐いて、顔を上げたときは口から吸えと教えたのだが、これがなかなか難しいらしい。必死になると水中で息を吐くことを忘れるらしく、せっかく水面に顔を上げても息を吐ききってから吸わなければいけないので時間が足りない。あと少しというところで息が持たなくなってしまう。

残念ながら、ここから先は彼女自身が水に慣れ、呼吸のタイミングを体得するより他ない。何度も何度もプールの壁を蹴って、もう少しというところで立ち上がるひぐらしの姿を見守ることしかできなかった。

間に十分休憩を二回挟み、空が茜《あかね》に染まる頃、プールの真ん中で苦しそうに足をついたひぐらしに声をかけた。

「今日はこのくらいにしておこうか」

二時間近く泳ぎっぱなしでさすがに疲れたのだろう、フォームが乱れ始めている。

ひぐらしはゴーグル越しにプールサイドの時計を見る。あと十分ほどで休憩の時間だ。

「もう一回だけ」

言うが早いか、プールの壁際に立って息を整える。

「次が最後だよ」

闇雲に練習すれば上達するというものでもない。ひぐらしは無言で頷くと、大きく息を吸い込んで水に沈んだ。

プールの壁を力強く蹴って、水の底を滑るようにひぐらしは進む。五メートルを超えたあたりで体が浮き上がり、ひぐらしの後ろに小さな水飛沫が立った。

最初と比べれば格段に余計な飛沫が上がらなくなった。両腕が滑らかに水を切る。

僕もひぐらしを追いかけて壁を蹴る。クロールで並走して、残り半分を切ったところでスピードを上げ、先に対岸に到着してひぐらしを待った。

ひぐらしは懸命に水を掻いている。少し離れたこの距離からでも、息継ぎをするときに苦し気な息遣いをしているのがわかった。でももう少しだ。五メートルラインを過ぎた。

あと一掻き、もう一掻き。体の軸がぶれてきた。持たないか。見守る僕まで強く両手を握りしめる。

視界にプールの壁が映ったのか、水を掻いていたひぐらしの手が目一杯前に伸ばされた。

まだバタ足は続いているが、腕を回すことをやめた体は焦《じ》れるほどゆっくりと進む。

ひぐらしの息は持つだろうか。

固唾《かたず》を呑んで見詰める僕の前で、ひぐらしの指先がプールの壁に近づく。反り返るほどに伸ばされた指先。それがしっかりとプールの縁を摑んだ。

次の瞬間、周囲に大きく飛沫が上がって、ひぐらしが勢いよく水から顔を出した。

足をついてもなお、ひぐらしはプールの縁を摑んで離さなかった。肩で息をしながら、縁に引っかかった自分の指に視線を注ぐ。

その傍らで、僕は彼女の表情の変化をつぶさに見詰めた。この四日間、意固地なくらい無表情を貫いてきた彼女が驚いたように目を見開いている。泳ぎ続けた疲労のせいか、酸欠のためか、指先が微《かす》かに震えていた。

嬉しいんだろう。

たったひとりでプールにやってきた日から、休むことなく毎日頑張ってきたのだ。嬉しくないわけがない。静かな感動に浸るひぐらしの邪魔をしないよう、しばらく黙ってその横顔を見守った。

「二十五メートル完泳、おめでとう」

声をかけると、ひぐらしが我に返ったような顔でこちらを見た。さすがにこんなときぐらいは笑顔のひとつも見せてくれるかと思ったが、ひぐらしは笑うどころかきりりと唇を引き結んで、「ありがとうございました」と頭を下げた。なかなかどうして、素の顔を見せてくれない。

監視台の上の監視員がそわそわし始めた。もうすぐ休憩時間だ。帰ろうか、と声をかけると、珍しくひぐらしに呼び止められた。

「あの、よければ……この後ロビーで少し待っていてもらえませんか」

「いいけど……」

どうして？　と尋ねる前にひぐらしはプールを上がってしまう。

更衣室へ向かうひぐらしの後ろ姿を見送って、僕は肩まで水に浸かった。僕よりひぐらしの方が身支度には時間がかかる。一本だけ泳いでから上がることにした。

自由コースを横断し、スロープを潜って競泳コースに入った。こちらのコースはいつも人が少ない。今も数人が泳いでいるだけだ。

前を泳ぐ人がプールの半分を過ぎるのを待ち、僕は横目でプールサイドの時計を見た。普通の時計とは違う、秒針の動きがよく見えるスポーツタイマーだ。

針の先が真上に来ると同時に水に潜り、力一杯壁を蹴る。

全身を小さな気泡がすり抜けた。ここ数日プールに通っていたが、ひぐらしのコーチに徹していたので全力で泳ぐのは久々だ。

水面に浮上して水を掻く。指先は遠くに、ストロークは長く。ひぐらしにひとつひとつ教えてきたことは、しかし自分が泳ぐときには一切頭に浮かばない。言葉にするまでもなく体がすっかり覚え込んでしまっている。

あっという間に対岸へ到着して、水から顔を上げるなりプールサイドの時計を振り返った。わずかに乱れた息を押し殺し、はっと短く苦笑を漏らす。

自己ベストと比べるまでもなく、随分タイムが落ちていた。落胆がずしりと背中にのしかかり、そのまま水に沈み込む。プールの底に膝をついて、水の中から天井を見上げた。

二十五メートルを泳ぎ切っても、ひぐらしのように感動できないのが淋しかった。自分だって初めてプールの壁にタッチしたときは口も利けないほど喜んだはずなのに。

あれは一体どんな感覚だったたか。

くらげのようにゆらゆらと揺れるライトを眺め、僕は肺にためていた息を一気に吐き出す。

プールの外で、休憩を告げる笛の音が高らかに響き渡った。


いつもよりゆっくり着替えを終え、ロビーのソファーで寛いでいると、五分ほど遅れてひぐらしがやってきた。Tシャツとジーンズという私服姿の僕とは違い、ひぐらしは制服を着ている。学校帰りなのだろうか。僕の学校の制服はブレザーなので、セーラー服はなんだか新鮮だ。

ひぐらしに手招きされて立ち上がり、自動販売機の前までついていく。

ひぐらしの後ろに立った僕は、セーラー服の襟の裾がめくれていることに気づき無言でそれを直してあげた。大きな襟はセーラー服の特徴だが、いざ着るとなったら面倒なことも多そうだ。

僕の親切とも悪戯《いたずら》ともつかない行為には全く気づかず、ひぐらしは硬貨の投入口に二百円を入れると、振り返って僕を自動販売機の前に立たせた。

「おごってくれるの？」

「はい、お好きなものをどうぞ」

指導料のつもりらしい。礼を言って、遠慮なくスポーツドリンクを買う。用を果たしたひぐらしはそのまま帰ってしまうかと思ったが、予想外に自分もジュースを買い、僕と並んでソファーへ座った。

「目標がひとつ達成できてよかったです」

ペットボトルの蓋を開けながらひぐらしは言う。いつも通りの無表情だが、心なしか声が弾んで聞こえた。生まれて初めて二十五メートルを泳ぎ切って高揚しているらしい。

僕もそうだった。と思う。今となってはすっかり思い出せないが。

「次の目標は平泳ぎで二十五メートル完泳？」

「はい。それから逆上がり。自転車にも乗れるようになりたいです」

水泳の他にもたくさん目標を掲げているらしい。夏休みの間にすべて達成するつもりだろうか。この年で自転車に乗れないというのも少し驚く。

「逆上がりと自転車も自力で練習するの？」

ひぐらしはジュースを飲みながら、そのつもりです、と頷いた。瞳の奥に闘志が見え隠れしている。クロールをマスターしたことで自信がついたのかもしれない。

高校生がひとりで自転車や逆上がりの練習をするのは目立つだろうが、多分ひぐらしはそんなことは気にせず黙々と練習に励むのだろう。男前だな、と思った。女の子だけれど。

ペットボトルを傾けながら、ひぐらしが自転車や逆上がりの練習をする姿を想像してみる。この数日間でひぐらしがガッツのある性格だということは重々理解した。なんだかんだとひとりでやり切ってしまうに違いない。

それぞれの目標を達成したとき、ひぐらしは一体どんな顔をするだろう。今日のように、息を詰めて自分の手を見詰めたりするのだろうか。達成感に包まれ、祝杯を挙げるがごとくジュースを買って飲んだりするのかもしれない。

ひとりきりで。

「自転車と逆上がりもつき合おうか？」

深く考えるより前に、つるりと言葉が口から滑り落ちていた。

ひぐらしは驚いたような顔でこちらを見て、「どうしてです」と至極まっとうな質問をよこした。それはそうだ。通りすがりの僕がそこまで面倒を見る理由などない。自分でもわかっている。

でもどうしようもなく、勿体《もったい》ないと思ってしまった。

できなかったことができるようになる、その瞬間を見逃してしまうのが惜しい。僕はもう、その瞬間の歓喜を思い出すこともできない。

でも今日、ひぐらしの隣で彼女の興奮を垣間見て、なんだか自分まで背中の産毛が立ち上がるような気分になった。久しく本気で泳いでいなかったのに、触発されて全力で二十五メートルを泳ぎ切ってしまう程度には。

新しいことに挑戦する彼女をもう少し見ていたい。それは単なる僕の我儘《わがまま》だ。正直に白状したところでひぐらしを説得する足しにはならないだろうと判断し、別の言葉にすり替えた。

「水泳以外にも君には目標があるって知っちゃったし、乗り掛かった船だから」

もっともらしいようでいて全く理由になっていない説明で煙《けむ》に巻けないかと目論《もくろ》んだのだが、さすがに無理があったようでひぐらしは困惑顔を浮かべている。

このまま強引に押し切るか、それとも引くか。

迷った末、ここはいったん引くことにした。

「ひとりでマスターできる自信があるなら邪魔しないけど」

あっさり引き下がってペットボトルに口をつける。一口、二口とスポーツドリンクを飲んで蓋をすると、それを待っていたようにひぐらしが口を開いた。

「……邪魔になんてなりませんが」

まだ迷うような口振りだ。急《せ》かさず続く言葉を待つ。でも実は緊張して、ペットボトルの蓋を締める手に力が入りっぱなしだった。

ひぐらしは目を伏せてしばらく考え込んでいたが、ようやく結論に至ったのか顔を上げた。

「協力してもらえるなら有り難いです。よろしくお願いします」

ひぐらしが乗ってきてくれたことにほっとして、でもすぐに酔狂なことをしている自分に苦笑した。名前も教えてくれない女の子のために、何を必死になっているのだろう。

ペットボトルを空にした僕たちは、二人揃って外へ出た。

ロビーで休んでいるうちに、外はすっかり暗くなっていた。夏は日が落ちるのが遅いけれど、暗くなり始めたら夜になるのは一瞬だ。

僕はロビーの入り口脇にある駐輪場へ向かう。もうバイト先から交通費が出ていないので、自宅からここまでは自転車で通っていた。

バスで帰るというひぐらしと駐輪場の前で別れたものの、ふと思いついて呼び止める。

「さっそく自転車の練習してみる？」

すでに停留所へ歩き出していたひぐらしは、駐輪場から自転車を出してきた僕を見て、怯《ひる》んだように周囲を見回した。

「もう、暗いので今日は……」

「そっか。さすがに危ないか。じゃあ後ろに乗ってみたら？　感覚摑めるかもしれない」

自転車にまたがり、地面を蹴ってひぐらしの隣に並んだ。

「バスでどこまで行くの？」

「駅前まで……」

「だったらちょうど通り道だ。送ってくよ」

ひぐらしは僕の顔を見て、自転車を見て、また僕の顔を見て困ったように眉を下げた。

「どうやって乗ればいいのかわかりません」

この感じは、乗ること自体を拒否しているわけではなさそうだ。

僕は簡単に自転車の後ろに乗る方法を教える。後輪の中央にあるでっぱりに足をかけ、両手を僕の肩に置いてまっすぐ立つ。クロールの泳ぎ方を教えられたときと同様、ひぐらしは言われた通り自転車に乗った。

「こ、こうやって、立ったまま走るんですか」

「そうだよ。じゃ、しっかり掴まってて」

「待ってください、私はどうすれば……！」

まっすぐ立ってて、と笑いを含ませた声で言い、ぐんとペダルを漕いだ。

自転車が走り出した途端、肩を掴むひぐらしの手に力がこもった。薄っぺらなシャツ越しに掌の熱さが伝わってくる。ぎゅっと肩を掴む力は痛いくらいだ。

彼女はおろか親しい女友達もなく、これまで女子との身体接触が極めて少なかった僕はどきりとしたが、すぐ運転に集中せざるを得なくなった。自転車のバランス感覚というものを全く理解していないひぐらしが、右に左に重心を移動させるからだ。

「うわ、ちょっと、危ないからまっすぐ立ってて」

「た、立ってます、まっすぐ」

「嘘でしょ、右に体傾けてるでしょ。ちょっと、カーブだからって反対側に体重掛けないで」

「だって倒れてしまうのでは!?」

「倒れないから！」

　自転車に乗れない人間を後ろに乗せるのがこんなに危ないものだとは知らなかった。対向車が来ると彼女が体を強張らせるのがわかる。また妙な方向に体重をかけられてうっかり転んだらと思うと僕まで背中に冷や汗をかいた。

　怯《おび》える彼女の気を紛らわせないと本格的に命が危ない。さりとて気の利いた話題などすぐ思い浮かぶものでもなく、僕はやけになって大声で歌を歌った。さすがに驚いたのか、僕の肩を握りしめていた彼女の手からわずかに力が抜ける。

　歌は僕たちが小学生の頃に流行ったアニメの主題歌だ。もともとは携帯ゲーム機のソフトだったが、アニメとメディアミックスしたことで全国の小学生から爆発的な人気を博した。当時は関連の玩具も発売され、ネットでプレミア価格をつけられ転売されて社会現象にまでなったものだ。

　坂道を下りながらサビの部分を歌い終える。対向車のライトに怯えて彼女がまた強く肩を摑んできたので、大きな声で「懐かしいでしょ！」と言ってみた。

　傍らを車が通り過ぎる。ひぐらしも少し慣れてきたのか、それとも僕の言葉に反応して体重移動を忘れたのか、今度はさほどハンドルをぐらつかせずに済んだ。

「これ流行ったのっていつだっけ？　まだ中学に入る前だよね？」

「すみません、知りません」

硬い声が返ってきて、思わず後ろを振り返りそうになった。

当時、アニメの驚異的な人気は男女の隔たりなく子供たちにもたらされたはずだ。テレビは連日何かしら特集を組んでいたし、連休中は映画も公開された。

学校行事にもアニメの主題歌は広く使われ、運動会のＢＧＭはもちろん、全校集会で歌ったり、防犯替え歌なんてものまで作って歌っていたくらいだ。

テレビからもひっきりなしに主題歌が流れ、僕の祖母ですらサビくらい歌えたというのに？

「僕らの世代でこの歌を知らないって、まさか帰国子女？　それとも家が厳しくてテレビを見せてもらえなかったとか？」

「そんなようなものです、それより前を、怖い」

少しだけ振り返って尋ねると、咎《とが》めるようにきつく肩を摑まれた。

本当に知らないのかと驚いたが、ひぐらしが本気で怯えていることに気を取られて追究が緩んだ。これまでほとんど表情を変えず、感情も露わにしなかった彼女の声が恐怖で掠れている。

「そうやってまっすぐ立っててくれれば怖くないよ」

言いながら少しだけ蛇行してみる。たちまち肩にぎっちりとひぐらしの指が食い込んで、わかりやすい反応に小さく笑ってしまった。

「安全運転でお願いします！」

こんなふうに大きな声を出されるのも初めてだ。顔が見られないのを残念に思う。

道は再び下り坂になって、少しだけブレーキを握る手を緩めた。ひぐらしが小さな悲鳴を上げ、今度こそ僕は声を立てて笑う。「もう下ります！」とひぐらしが声を荒らげたので、慌ててブレーキは握り直したけれど。

駅前に到着すると、ひぐらしはぎくしゃくとした動きで自転車を下り、恨みがましく僕を睨《にら》んだ。ごめんなさい、と素直に謝ると、小さな溜息をひとつついて普段の無表情に戻る。

「送ってもらって、ありがとうございました」

こんなときでも律儀に頭を下げるひぐらしに、また明日、と言いかけてやめた。

「明日はどうする？　またプールに来る？」

昨日までなら疑いもなくプールに行っていたところだが、ひぐらしは水泳の他にもマスターしたいものがあるらしい。ならばある程度計画を立てて習得していった方がいいのではないだろうか。

夏休みは長い。けれど永遠には続かない。

「クロールが泳げるようになったことだし、水泳の練習は少し休んで自転車の練習でもしてみたら？」

ひぐらしは僕の自転車を横目で見て、ちょっと嫌そうな顔をした。そんなに坂道が怖かったのか。恐怖心を植えつけてしまったのなら悪いことをした。

「練習するときはちゃんと平地でするから。ほら、国営公園なんていいんじゃない？」

ここから電車で十五分ほどの場所にある公園を提案してみる。

その名の通り国が運営している公園はとにかく広い。芝の敷かれただだっ広い広場があるばかりでなく、植物園やカフェ、ミュージアムまで併設されており、この地域の子供たちは小学校の遠足などで必ず一度は訪れている場所だ。僕に至っては高校のマラソン大会でもお世話になった。

「あそこ、レンタルサイクリングもできるんだ。専用のコースもあるし、練習するには打ってつけだと思うけど」

サイクリングコースなら車も来ないし安全だ。名案だと思ったが、ひぐらしは困ったように視線を落としてしまった。何かと思えば、名前は知っているが公園に行ったことがないので場所がよくわからないという。

「え、小学校の遠足で行かなかった？　もしかして最近この辺に引っ越してきたとか？」

曖昧に頷いたひぐらしは、迷いを振り切るように首を振って僕を見上げた。

「場所は自分で調べます。明日はその公園に行きましょう。待ち合わせは公園の入り口で大丈夫ですか？　時間はどうします？」

急にやる気になった――というよりは話を打ち切りたがっているような態度にうろたえつつ、僕はズボンのポケットから携帯電話を取り出した。

「それより、アドレスの交換しておこうよ。そうすればきっちり待ち合わせ場所なんて決めなくて済むし」

さすがに今回は教えてくれるだろうと思ったが、ひぐらしは頑《かたく》なな表情で首を横に振る。

「教えません」

「教えてくれないんだ」

「友人や知人を作りたくないんです」

そういえば、そんな理由でひぐらしは水泳教室に通わず、通りすがりの僕に泳ぎを教わっていたのだったか。

彼女の名前も知らない僕は、未だに通りすがりの他人でしかない。

ここでごり押しすると自転車の練習自体中止になりそうで、大人しく携帯電話をしまった。代わりに明日の待ち合わせ場所と時間を事細かに決める。広大な公園にはいくつか入り口があるが、駅を出てすぐ目の前にある入り口が一番わかりやすいだろう。昼食を終えてから集まることにして、時間は午後の一時にした。

「三十分経っても落ち合えなかったら、諦めて帰って下さい。私もそうします」

そんな無駄足を踏むリスクを考えるくらいだったら大人しくアドレスの交換をすればいいものを、ひぐらしはどうあっても僕と親しくなりたくないようだ。

もうとっくに親しくなってしまっているのに、と思うのは僕だけか。

「それでは、また明日」

会釈して駅の改札へ向かう彼女に小さく手を振る。

プールサイドで別れるとき、ひぐらしはいつも礼を述べるだけで明日の話をしたことなどなかった。また明日、なんて言われたのは初めてだ。

本当にただの他人なら、明日の約束なんてしないと思うのだけれど。

人混みの向こうに消えていくひぐらしの後ろ姿を見送ってから、僕はゆっくりと自転車のペダルを踏んだ。


翌日は、朝から雲ひとつない快晴だった。加えて言うなら、外に出た瞬間から家の中に引っ込みたくなるほどの猛暑日でもあった。吹きつける風はドライヤーの熱風を思わせる熱さで、天気予報を見てから予定を決めなかったことを恨んだが遅い。電車に乗って公園を目指す。

　七月の最終日、公園の最寄り駅は小さな子供を連れた家族で一杯だった。小学校の遠足や高校のマラソン大会で訪れたときは平日だったのでさほど混雑していなかったが、休日はかなりの人出があるようだ。

　改札を出るのも一苦労という状況で、本当に彼女と会えるか不安になる。正午なんて一番暑い時間に家を出て、炎天下で三十分も彼女を探し回った挙句帰るなんてことになったら目も当てられない。

　悪い想像ばかりしていたが、なべてこの世は案ずるより産むが易し。駅前こそ人でごった返していたが、公園の前には入場券を買い求める人の列が整然と並び、その先頭近くにぽつんとひぐらしが立っていた。列から外れているので大層目立つ。売り場の傍らで、入園料が記載された看板を見上げているようだ。

　人混みの中ですぐに彼女の姿を見つけられたもうひとつの理由は、彼女がセーラー服を着ていたからだった。夏休みに制服姿でこんな場所に遊びに来る学生は少ない。

　近づいてみると、彼女は看板を見上げながら右手の指先を動かしていた。親指と人差し指をこすり合わせたり弾いたりしている。

　声をかけると指の動きが止まった。僕は右手で何をしていたのか尋ねたかったが、躊躇《ちゅうちょ》してしまって言葉にならない。ひぐらしの右手には火傷の痕があって、その手を後ろから見ていたとはなんとなく言いづらかった。

入園券を買うため列に並ぶと、前に立つひぐらしが肩越しに僕を振り返った。

「昨日、帰ってから気がついたのですが、自転車の二人乗りは違法ですよね？」

違法、という重々しい言葉に面食らう。さすがに大げさすぎると反論したが、ひぐらしは真顔のまま言い募った。

「目立たず平穏に生活していたのに、危うく警察のご厄介になるところでした」

「見つかっても軽く注意されるだけじゃないの？」

「もう二度と二人乗りはしません」

きっぱりと言い渡されて肩を竦《すく》める。

「残念だな、楽しかったのに」

鉄板の上でじりじりと焼かれるような真夏の午後、顎からぽたりと汗が滴り落ちて、一緒に本音も転げ落ちてしまった。

前を向きかけていたひぐらしが再びこちらを振り返る。無表情で見上げられ、しまった、と口をつぐんだ。あんなにひぐらしは怯えていたのに、楽しかったなんてさすがに怒られるか。

決してひぐらしが怖がるのを面白がっていたわけではない。自転車に乗れない相手と二人乗りをするのは僕も初めてで、右に左にぐらつく車体はかなりスリリングだったというだけだ。

それに、蒸し暑い夏の夜、ブレーキを緩めて坂道を下るのは気持ちがよかった。肩に食い込むひぐらしの指先は必死で、「怖い」「本当に大丈夫なんですか」と何度も繰り返されたが、最後は声に微かな笑いが潜んでいるように聞こえた。運転中は一度もまともに振り返れなかったので単なる聞き間違いかもしれないが。

ひぐらしは相変わらず無表情で僕を見ている。怒られたら謝ろう、と身構えていたら、ふとひぐらしの目元が緩んだ。

「私も、楽しかったです」

予想と真逆の言葉は、耳に入ってもすぐに理解が及ばない。これまで滅多に表情を変えなかったひぐらしが目元を和らげたのにも驚いて、とっさに返事ができなかった。

僕が立ち尽くしている間にも列は動く。ひぐらしは前を向き、「でも目立つのは困ります」と言い残して先に進んでしまった。慌ててその背を追いかける。

列が進んで売り場が近づくと、ひぐらしは料金表を見上げてまた右手を動かした。いつものあれだ。人差し指と親指で、軽やかに宙を弾く。なんとなく見覚えのある仕草だが、なんだったろうか。

料金の並んだ看板を見上げ、入園料とサイクリング料の合計金額を頭の中で計算する。そこでようやく謎の動作を理解した。あれは指先でそろばんを弾く動きだ。だから料金表を見上げて指を動かしていたのかと納得する。

だとしたら、以前バスの運行表を見ながら手を動かしていたのはなんだろう。そろばんを弾いて何か計算していたわけではなかったのか。ようやくひとつ謎が解けたと思ったら新たな謎が浮上して、釈然としない気分のままサイクリングコースへと向かう。

園内には数か所のサイクルセンターが点在しており、自転車はここで借りることになる。コースは全長十五キロにも及ぶので、利用者は好きなセンターで自転車を借りたり返したりできるのだ。

園の入り口から一番近くにあるセンターには、レンタル自転車がずらりと並んでいた。中には二人乗り自転車もあった。二台の自転車が縦に並んだ格好で、ハンドルもペダルも二個ずつある。これなら二人で乗っても違法にはならないだろう。

乗ってみる？　と提案しようとしたが、ひぐらしがこちらを見向きもせずに普通自転車をレンタルしてしまったので大人しくそれに倣《なら》った。僕が自転車に乗る必要はないのだが、自転車を借りた人間しかサイクリングロードには入れない決まりだ。

入り口を抜けた先には生け垣に囲まれた広いロータリーがあって、ここでも十分練習ができそうだ。とりあえず、僕の借りた自転車は隅に置いて練習を始める。

「まずはサドルにまたがって。ちゃんと両足はつく？　じゃあ、地面を蹴って両足を浮かせて。ペダルは漕ごうとしなくていい。まずはバランスをとるところから」

ひぐらしは言われた通り地面を蹴ってよろよろと前に進む。だがほんの数十センチ進んだだけでバランスを崩し、すぐ地面に足がついてしまった。両足の滞空時間は二秒にも満たない。

これでいいのかと問うようにひぐらしがこちらを見るので、「その調子で」と声をかけた。ひぐらしもそれ以上説明を求めず、大人しく練習を続ける。

ロータリーで練習をしていても、僕らの後から利用客がコースに入ってくることはなかった。別のセンターから入ってきた利用者がコースを走る姿もない。あまりレンタルサイクリングは人気がないようだ。

国営公園は入園料さえ払ってしまえばほとんどのレジャー施設を無料で利用できる。わざわざお金を払ってまでここで自転車に乗ろうという人は少ないのだろう。

園の片隅にあるサイクリングコースは静かだ。

プールと違って水音が上がるわけでもなく、子供たちの歓声も聞こえない。代わりにセミの声が耳につく。園内にたくさんの樹木が植えられているせいだ。自転車のタイヤが回る小さな音は、セミたちの大合唱に搔き消される。

「後ろを持ってもらうものだと思ってました」

僕に背中を向けて地面を蹴ったひぐらしが、ぽつりと呟く。それすらセミたちの声が押し流してしまいそうで、慌ててひぐらしに近づいた。ひぐらしは両足を地面から浮かせて前進しながら、不足していた言葉を補う。

「自転車の練習って、自転車の後ろを誰かに持ってもらうものだと思ってました」

「ああ、『後ろは支えてるから大丈夫だよ』って言ってペダルを漕がせる、あれ？」

「そうです。最後は黙って手を離すという、あれが一般的なやり方では？」

ひぐらしの視線が地面に向いていることに気づいて、正面を向くよう促した。視線の方向に自転車は進む。遠くを見ていた方が直進運転は安定するはずだ。

「一般的かどうかは知らないけど、支えてるから大丈夫って言ったのに黙って手を離すのは、裏切り行為だと思うんだ」

ひぐらしは遠くを見詰め、裏切り、と繰り返す。

「支えてるって言うなら最後まで支えてるべきだし、途中で離すくらいだったら最初から支えない方がいい」

ひぐらしが地面を蹴る。両足を浮かせて、自転車はゆっくりと前に進む。胸の中でカウントすると、今度は五秒もった。短いようで、五秒は長い。案外バランス感覚がいいようだ。

「後ろ、支えた方がよければ支えるよ？　最後まで手は離さないけど」

地面に片足をついたひぐらしが振り返る。僕の顔をじっと見て、今気がついたというように口にした。

「貴方、変な人ですね」

君に言われたくない、という言葉を辛うじて呑み込んだ。通りすがりの他人にクロールと自転車の乗り方を教わっている時点でひぐらしだって相当変わっている。

ひぐらしは不器用に自転車を方向転換すると、僕の方を向いて地面を蹴った。

「乗り掛かった船から途中で降りられない人ですか」

「そうだね。ここまできたら逆上がりもつき合うよ」

自転車に乗ったまままっすぐ僕に突っ込んできたひぐらしは、衝突する直前でわずかにハンドルを切って上手に僕を避けた。水泳より自転車の方がセンスはよさそうだ。

足を浮かせた状態で五秒以上進めるようになってきたので、ペダルを踏むよう指示してみた。最初はペダルを踏み込んだ方に体重がかかって倒れそうになったが、なんとか踏みとどまって二度、三度とチャレンジする。

昨日、僕の自転車の後ろに乗っていたときは散々怖がっていたが、ひぐらしが怖いのはスピードであって、転倒はあまり恐れていないらしい。

とはいえ怪我をしては大変だ。後ろで見守る僕の方がはらはらした。

「それじゃあ、いきます」

練習を始めて二時間、生け垣で囲まれたロータリーの端でひぐらしが声を上げる。反対側で僕も手を振った。互いの距離は二十メートルほどだ。

ひぐらしがぐんとペダルを踏み込んで、よろよろと自転車は直進を始める。出足こそ危なっかしかったものの、スピードが出るとバランスが安定して、ひぐらしはあっという間に僕のもとまでやってきた。

クロールで二十五メートルを泳ぎ切ったときと同様、僕はゴール地点でひぐらしを待っていた。そしてあのときと同じく、ひとつのことをやり切ったひぐらしの顔を、至近距離から直視する。

地面に片足をついたひぐらしは、ハンドルを握りしめる手からゆっくりと力を抜いて、長い長い溜息をついた。

この猛暑の中、日陰にも入らず自転車をこぎ続けていたひぐらしの頰から汗が落ちる。日に焼けたのか、頰と鼻の頭が赤くなっていた。

制服姿でこんなに汗だくになっている女子はちょっと他に見たことがない。結構ひどい有り様だと思うのだが、何かを確かめるようにぎゅっとハンドルを握りしめたひぐらしの顔は満足そうだった。

できないことができるようになる。

ささやかな感動を嚙みしめるひぐらしを見ていると、小学生の頃必死で水泳の練習をしたことを思い出した。

ここは自転車に乗れたときのことを思い出しそうなものだが、どうしてか自転車の記憶はあまりない。転んで怪我をしたような記憶がうっすら残っている程度で、できた、と飛び上がるほど喜んだ覚えはなかった。

ひぐらしは背後のロータリーを振り返り、これだけの距離を進んだのだと眩しげに目を細める。その姿に、二十五メートルプールを振り返る昔の自分が重なった。

夏のせいだろうか。

それとも泳げるようになったことが僕の一番鮮烈な成功体験だからか。夏休み前に水泳部を引退して、少し感傷的になっているのかもしれない。理由はいろいろと思いつくが、本当のところはわからない。

ひぐらしはいつまでも後ろを振り返ったまま動かない。

その隣で、陽炎《かげろう》すら立ち昇りそうなロータリーを僕も黙って眺めていた。


二時間もぶっ通しで練習を続けていたので、さすがに少し休憩すべくサイクリングコースを後にした。

園内にある自動販売機で飲み物を買って、公園の中心にあるだだっ広い原っぱに向かう。遊具も何もない、芝が植えられただけの原っぱに下りた僕たちは、どちらともなく周囲に点在する木を目指した。木の下でも暑いものは暑いのだが、直射日光を遮れるだけでもありがたい。

木陰に入って直接芝に腰を下ろすと、買ったばかりのスポーツドリンクを喉を鳴らして飲んだ。干上がった体に、冷たい水分が染み込むようだ。

「思ったより早く乗れるようになってよかったね」

一息でボトルを半分空にして、隣に座るひぐらしに声をかけた。ひぐらしも勢いよくジュースを飲んで、ぷはっと小さく息を吐く。

「まだ完全には乗れていませんが」

「曲がろうとすると倒れちゃうんだっけ？　でもまっすぐ進めるようになったんだから、八割方乗れたようなものだよ」

「漕ぎ出すときにぐらぐらするのもどうにかしたいです」

「あれやってみたら？　片方のペダルに足かけて地面を蹴ってさ、自転車が進み始めたらひらりとサドルをまたぐやつ。おばちゃんたちがよくやってる」

「あれの方が難易度は高くありませんか？」

「だよね。なんでわざわざああいう乗り方するんだろう？」

「わかっていないのにどうして勧めてきたんです」

他愛もない話をしながら原っぱを眺める。もう夕方の四時を過ぎているが、真夏の太陽の威力は衰えない。

この炎天下でも、原っぱにはたくさんの人がいる。サッカーをしている子供たちや、レジャージートの上でのんびりしている大人、その周囲を走り回る小さな子供がそこかしこで見受けられた。

自分のことは棚に上げ、皆元気だなぁ、などと思っていたら、遠くから小さな女の子がこちらに駆けてきた。

三歳か、四歳くらいだろうか。背中まで伸びた髪を緩く三つ編みに結っている。女の子が走ると髪の先につけた丸い飾りが軽やかに跳ねた。走りながら僕らを見て、目が合った、と思った瞬間、女の子が前につんのめるようにして転んだ。

あっ、と僕は腰を浮かせる。芝にダイブするように前のめりに転んだ女の子は、うつ伏せになったまましばらく動かなかった。泣き出さないところを見ると大丈夫だったのだろうか。座り直そうとしたら、女の子が緩慢に顔を上げた。無表情だ。

やっぱり大丈夫だったんだな、と思った次の瞬間、女の子が声を張り上げ泣き出した。小さな子供は時間差で泣き出すものらしい。

目を丸くする僕を横目に、ひぐらしがさっと立ち上がって女の子に駆け寄る。すぐに父親らしき男性もやってきた。女の子は父親に縋《すが》りついて大泣きしている。怪我でもしたのかと思ったが、髪がほどけたと父親に訴えているようだ。

芝の上にピンクの髪留めが落ちていることに気がついて、僕も立ち上がりそれを拾い上げた。女の子の父親は礼を言ってそれを受け取り、必死で女の子を宥《なだ》め始めた。

「ほら、髪がほどけたのなら、お家《うち》に帰ってママに直してもらおう」

「やだぁ、今直して、今、今ぁ！」

「パパ、三つ編みなんてできないよ」

父親が途方に暮れたような声を出すが、女の子は聞き入れず泣きじゃくるばかりだ。大変だなぁと思っていたら、親子の会話にひょいとひぐらしが割り込んだ。

「私でよければ、結い直しましょうか？」

父親が返事をする前に、女の子が「やって！」と応じた。涙で顔をぐしゃぐしゃにしながらも、芝に膝をついた父親の腿を椅子代わりにしてひぐらしに背中を向ける。

ひぐらしは父親からも了承を取ると、手早く女の子の髪を結い始めた。

三つ編みというと、全体の髪をざっくり三つに分けて結うものだと思っていたが、ひぐらしのやり方は少し違った。頭頂部付近の髪を一束取って、それを三つに分けて編み始める。途中、左右に残した髪を追加しながら編み進めれば、あっという間に複雑な編み込みが完成した。

最後にピンクの髪留めで毛先を留めて、おしまい、とひぐらしが女の子の肩を叩く。見えないながらも出来上がりに満足したのか、女の子は笑顔に戻って父親と共にその場を後にした。

親子を見送り木陰に戻った僕は、隣に座り直したひぐらしに目を向ける。ひぐらしの髪は肩先で切り揃えられていて、後ろで一本に結ぶのが精一杯の長さだ。それなのに、あんなに慣れた様子で編み込みをするとは。

「前は髪が長かったの？」

何気ない質問だった。「はい」か「いいえ」で決着がつく、ごく単純な問いかけだ。

それなのに、ひぐらしは膝の上に置いたペットボトルを所在なさげに弄《いじく》って何も言わない。迷うように瞳を揺らし、かなり間を置いてから小さな声で答えた。

「わかりません」

妙な返答に笑顔を作りかけてしまったが、唇の端は上がりきらずに降下する。

はぐらかされて、少なからず落胆した。名前や連絡先だけでなく、この程度のことすら教えてもらえないのか。髪が長かったか短かったか、それくらい教えてくれたってなんの問題もないだろうに。

僕はいつまで通りすがりの他人なのだろう。こんなささいな過去に踏み込むことさえ許されない。

少しだけ面白くない気分になって、これまであえて避けてきた話題を口にした。

「それじゃあ、右手をいつも動かしてるのは？　あれはそろばんの動き？」

火傷の痕が残るひぐらしの右手に視線を向ければ、彼女も一緒になって手元を見た。火傷の痕はかなり目立つが、ひぐらしはそれを隠す素振りもなく頷く。

「目の前に数字があると、とりあえず全部足してしまいます」

「料金表とか……バスの時刻表なんかも？」

「はい。電話番号も、車のナンバーも」

これに関しては特に隠すつもりはないようだ。けれど僕が「いつ頃習ってたの？」と尋ねると、ひぐらしは遠くに目を向けてしまう。

「……いつでしょうね。わかりません」

風が吹いて、ひぐらしの額にかかる髪を後ろに吹きさらった。

右のこめかみに残る火傷の痕が露わになる。それがどんな理由でついたのか尋ねても、きっとひぐらしは答えてくれない。

意地悪く質問を重ねようとして、僕は寸前で口を閉ざす。原っぱの向こうを見るひぐらしの、茫洋《ぼうよう》とした表情を見たら自然と声を呑んでいた。

見知らぬ土地で行き先を見失い、途方に暮れている人の顔だった。

ごまかしているのでも隠しているのでもなく、本当に彼女自身よくわかっていないような顔だ。自分のことなのにわからなくなってしまうなんてあり得ないのに。

そんな顔をされると、教えてくれないことを責める方がお門違いな気がしてきてしまう。

僕も大概流されやすいようで、ひぐらしに対する不満じみた気持ちが見る間に萎《しぼ》んだ。

原っぱを眺めるひぐらしが、迷子になったような顔をしているからなおさらだ。

「じゃあ、仕方ないね」

僕はあっさりと追究を放棄する。ひぐらしの髪が昔は長かったのかどうか、そろばんをいつ頃習っていたのか、そんなことを本気で知りたかったわけじゃない。

ひぐらしがこちらを向く。ゆらゆらと揺れるその瞳を見返し、別のことを尋ねた。

「さっき買ったジュース、スイカの炭酸水って書いてあったけど美味しかった？」

ひぐらしがひとつ瞬きをする。質問を捉えかねた顔でもう一度瞬きをして、やっと我に返ったのか膝の上のペットボトルに視線を落とす。

「……あまり美味しくは、ないです」

「だよね。僕もそう思う」

笑いながら応じれば、目を見開いたひぐらしに軽く睨みつけられた。

「知ってたんですか」

「前にチャレンジして全力で後悔した」

「教えてくれてもよかったのでは」

「君の口には合うかもしれない。でも、やっぱりそれは美味しくないよね。同じ味覚の持ち主でよかった」

それに、素直にジュースの感想を教えてくれてよかった。

僕と出会う以前のことを教えてくれなくても、一緒にいるときひぐらしが何を思っているのか素直に口にしてくれるなら十分だ。

機嫌よくスポーツドリンクを飲む僕に、ひぐらしは気の抜けたような声で言った。

「怒らないんですか。私が何も教えないこと」

「教えてもらった。スイカの炭酸水は君も不味《まず》く思うって」

「やっぱり変な人ですね？」

「君ほどじゃないよ」

さっきは呑み込んだ言葉を、今度はきちんと口にした。ひぐらしは怒るでもなく、それどころか「そうかもしれません」と肯定した。自覚はあるらしい。

風が吹いて、背中を預けた木の枝が揺れる。それまでけたたましい程に鳴いていたセミの声が途切れ、この木にもセミが止まっていたのかと初めて気づいた。

園内はどこもかしこもセミの声がする。ひっきりなしに耳に飛び込んでくるので、早い段階で意識から締め出されてしまっていた。

「この木、セミがいるのかな」

木の幹に視線を走らせ呟く。鳴き声は途切れたままだが、どこかに飛び立ってしまったのだろうか。それともまだ木にしがみついて休憩しているのか。顎を上げて木の幹に目を凝らしていたら、ひぐらしの凜とした声が耳を打った。

「私の中にはセミがいて、六年ごとに目を覚ます」

脈絡のない言葉が飛んできて、何事かとひぐらしに視線を戻す。顔を前に向けるなり、先程からずっとこちらを見ていたらしいひぐらしと目が合った。

「頭の中で鳴き続け、熱に焼かれて地に落ちる。私の目蓋《まぶた》も一緒に落ちて、夏が終わるまで目覚めない」

真顔のまま、ひぐらしは一息に言い切って口を閉じた。それ以上の説明もない。わけがわからず、僕は木の幹に預けていた背中を起こした。

「……何、今の？」

「小学生が書いた詩です」

詩、と気の抜けた声で繰り返す。

正直詩の良し悪しはよくわからない。内容を理解するのも苦手だ。

今の詩も、自分の中にセミがいる、という比喩が上手く呑み込めなかった。

頭の中で常に何かうるさく鳴り響くものがあると、そういうことだろうか。それは過去に他人からかけられた心無い言葉かもしれないし、自分の中から湧き上がる思考そのものかもしれない。

真相は謎のままだが、小学生でそんなたとえができるのは凄いことだ。少なくとも僕にそういう発想はない。

「小学生にしてはいい詩だと思う」

精一杯の賛辞を述べると、ひぐらしは曖昧な表情で頷いた。褒められても別に嬉しくはなさそうだ。だったらどうして急に詩など披露したのだろう。

「作者と知り合い？」

「いいえ、知らない人です。私は彼女のこと、何も知らない」

けれど作者が女性であることは知っているらしい。赤の他人の詩を暗記するとも思えないが、よほど思い入れのある作品なのだろうか。

もう少し褒めておくべきだったかな、などと考えていたら、ひぐらしが話題を変えてきた。

「問題です。セミは何年土の中にいるでしょう」

唐突にクイズが始まる。なんで、と思わないでもなかったが、理解に苦しむ詩の感想を求められるより数段ましだ。余計な質問は抜きにして真面目に答える。

「七年ってよく聞くけど、違うの？」

「残念ながら不正解です」

あっさりと言い放ち、ひぐらしは膝を抱えた。

「二年や三年で土から出てくるセミもいますし、十三年潜っているものもいます。では、土から出てきたセミの寿命はどのくらいでしょう」

「それは知ってる。一週間だ」

「残念ながらそちらも不正解です」

「えっ、これは世の中の常識なんじゃ……!?」

セミは七年も土の中に身を潜めているのに、地上に出たら一週間しか生きられない。それはもう常識だと思っていたのに、違うのか。

「羽化した後の寿命については諸説ありますが、天敵に襲われなければ一ヶ月程度は生きる可能性もあるそうです」

「思ったよりも儚《はかな》くない」

「そう、案外しぶといんです。でも、夏の終わりには必ず死にます」

確かに、季節を越えて鳴き続けるセミなど聞いたことがない。夏が終わる頃にはセミたちの声も絶える。

一ヶ月は長いようで短い。夏休みがどれほど一瞬で過ぎ去っていくのか、僕たちは嫌というほど知っている。土に潜っている期間と比べれば、やっぱり儚い命であることは変わらない。

公園内には相変わらずセミの声が響き渡っている。この広大な敷地で、何十、何百というセミが鳴いている。

でももしかすると、こうして声を限りに鳴いているセミより、冷たい土の下でひっそりと羽化を待つセミの幼虫の方が数は多いのかもしれない。土に潜り込んでからまだ一年目のもの、二年目のもの、来年羽化を控えているものもいるだろう。

土の中で沈黙する、何千というセミの幼虫たち。

「セミの幼虫って、土の中で何を考えてるんだろうね。眠ってるのかな。七年……ではないんだっけ？　セミの種類によって土に潜ってる年数が違うの？」

「セミは飼育が難しいのでまだ解明されていないことも多いのですが、種類によって違ってくるのかもしれません」

ひぐらしはやたらとセミに詳しい。思えば『ひぐらし』という名前もセミの名だ。ひぐらしに名前を尋ねたあの瞬間、やたらとヒグラシが鳴いていたから場当たり的にそう名乗ったのだと思っていたが、何かセミに思い入れがあるのだろうか。

つらつらとそんなことを考えていたら、出し抜けにひぐらしが言った。

「私は六年」

短い言葉は脈絡がない。少し待ってみたが補足される様子もなく、何が？　と聞き返そうとして失敗した。

膝を抱えたひぐらしが僕を見ている。唇に、仄《ほの》かな笑みが乗っていた。

彼女が笑っているところを見るのは初めてで、喉元まで出かかっていた言葉が霧散する。

どうしてか、羽化したばかりのセミを見た気分になった。

雨の停留所でも同じことを思ったが、あのときはひぐらしの肌の白さを見てそれを連想した。でも今は違う、一瞬目を離した隙《すき》に何か別のものに変化したようなひぐらしを見て、さなぎから抜け出したばかりのセミを想像した。

風で舞い上がった髪がひぐらしの顔を隠す。

またしても変化は一瞬で、風がやむ頃にはもう、ひぐらしはいつもの無表情に戻っていた。

「そろそろ帰りましょうか」

声をかけられたものの、返事が少し遅れてしまった。僕は今、一体何を見たのだろう。

ひぐらしは自分が笑っていたことなど気づいてもいない表情で立ち上がり、園の出口に向かって歩き出す。僕も慌ててその後を追いかけた。

「とりあえず、今日は自転車で直進ができるようになってよかったです」

ひぐらしの隣に並び、そうだね、と頷く。斜め上から見下ろしたひぐらしはいつも通り素っ気ない無表情で、そのことになぜかほっとした。

「今度、プールの帰りに自転車を貸すよ。駅まで乗ってみたらいい」

「いきなり公道は難易度が高いのでは」

「僕も後ろから走ってついていくから大丈夫。あ、でも、明日は多分プールに行けない」

ひぐらしがちらりとこちらを見た。なぜ、と視線で問われた気分になって事情を説明する。

「学校で文化祭の準備があるんだ。うちのクラス喫茶店するんだけど、内装とか衣装とか作らないといけなくて。ごめんね」

「別に謝ってもらう必要はありません。毎日来てくれなくても、たまたま顔を合わせたときに教えてもらえれば十分ですから。プールに来られないからと事前に断りを入れる必要もありません」

ひぐらしはなんでもないことのように言う。横顔には不満も落胆も表れていない。ひぐらしのことだ。僕がいなくてもひとりで黙々と練習をして帰っていくのだろうが、その姿を想像するとこちらの方が落ち着かなくなる。万が一ひぐらしが自分を待っていたらと思うと気が気でない。

かと言って、この先も毎日プールに通えるかどうかはわからない。

「いっそプール教室みたいに曜日を決めて練習する？」

「そんな取り決めをしなくても、偶然会えたときだけで……」

「じゃあ、僕が勝手に決めるから聞き流して。僕は月、水、金だけプールに行く。時間は二時くらいかな。君は好きなときに来ていい。でも偶然会えたら声をかけてね」

偶然を強調してやれば、ひぐらしも余計なことは言わず頷いてくれた。

喋りながら二人で公園を出る。最寄り駅の改札は昼間よりも人が減っていた。そのまま改札を通り抜けようとしたら、背後で大きな声がした。

「エリ！」

甲高い女性の声だった。雑踏に響いた短い呼びかけにひぐらしは反応しない。僕も改札を抜けようとしたが、途中で思い直して振り返った。なんとなく、聞き覚えのある声のような気がしたからだ。

素早く視線を動かすと、大股でこちらに歩いてくる女性と目が合った。見覚えがある。一拍置いて、クラスメイトの浅野だと思い当たった。

茶色く染めた髪をポニーテールにした浅野は、白いキャミソールにデニムのミニスカートを合わせている。かなり露出が多いが、学校でもスカートを極端に短くしている生徒なのであまり違和感はない。それよりむしろ、瞼《まぶた》に光る大粒のラメに驚いた。学校でメイクをしているイメージはなかっただけに、派手な装いに尻込みする。

浅野は僕と目が合ってもほとんど表情を変えず、まっすぐひぐらしへ視線を向けた。当のひぐらしはというと、浅野が自分めがけてやってくることには気づいているようだが、立ち尽くすその顔は無表情だ。

浅野が僕の傍らを通り過ぎる。同じクラスというだけで、浅野とはこれまでほとんど口を利いたことがない。ただ、浅野からいつも甘い匂いがすることは知っている。教室の中ですれ違うときふわっと香るのだ。今もあの甘い香りがした。

ひぐらしの前までやってきた浅野は、硬い声で「エリでしょ」と言う。

エリ、というのはひぐらしの名前だろうか。しかしひぐらしは何も言わない。表情も変わらない。

僕はひぐらしと浅野を交互に見て、どちらにともなく「知り合い？」と尋ねてみたが返事はなかった。二人とも、僕に目を向けることすらしない。

浅野はしばらくひぐらしの顔を睨みつけていたが、ふいに口元を歪《ゆが》めるようにして笑った。

「また忘れちゃった？　それとも忘れたふりしてんの？」

押し殺された浅野の声は低い。怒っているように見えるが、ひぐらしはやはり何も言わない。ゆっくりと瞬きをする横顔は、そこだけ切り取ってしまえば退屈なテレビドラマを眺めている顔とほぼ変わらない。無関心そのものだ。

眉ひとつ動かさないひぐらしを見て、浅野がぐっと奥歯を噛《か》む。大股でひぐらしとの距離を詰めてきたのでさすがに止めようとすると、後ろから誰かが「果歩」と声を上げた。

声に反応して浅野が振り返る。雑踏の向こうで手を振っているのは浅野の連れだろうか。背の高い男性だ。高校生にしては大人びているので、大学生かもしれない。

浅野は最後にもう一度ひぐらしを睨んでその場を離れる。後はもう僕たちを振り返ることもなく、男性と腕を組んで人混みの中に紛れていってしまった。果歩、と下の名前を呼ばれていたところを見ると、傍らにいた男性は浅野の彼氏だろうか。

ひぐらしは去っていった浅野に頓着することなく自動改札を抜ける。僕もその後に続き、ひぐらしと並んでホームへ向かった。

ちょうど電車が行った直後のようで、ホームにはほとんど人がいない。白線の前に立って、隣に立つひぐらしの様子をちらりと窺う。

「さっきの、知り合いじゃなかったの？」

ひぐらしは西日に照らされる線路を見下ろし、いいえ、と静かに応じた。

「知らない人です」

「じゃあ人違い？　友達っぽかったけど」

「友達はいません」

夏の太陽に焼かれた黒い線路を見詰め、ひぐらしはきっぱりと言い切った。

「これからも作りません」

そう、と言ったきり、僕は言葉が続かない。

ひぐらしにとって自分は通りすがりの他人でしかない。そのことは十分理解していたつもりだが、その先を期待していなかったわけじゃない。

待ち合わせをして落ち合って、明日のことや来週のことや、少し先の未来の約束をする相手はもう他人じゃない。知人くらいには格上げされた気でいたし、ひぐらしだって僕が知人を名乗っても言下に否定することはないだろう。

でも、この先も僕らが友達になることはないようだ。理由は知らないが、少なくともひぐらしにその気はない。

遠くから電車が近づいてくる音がする。いつのまにか僕たちの後ろにも電車を待つ人たちが並び、ホームは人の気配でざわざわと落ち着かない。

耳を澄ましてみても、傍らに立つひぐらしの息遣いは伝わってこない。ひぐらしが何を考えているのかもわからない。

公園にいたときは耳を澄ますまでもなく聞こえてきたセミの声も届かず、全ての喧騒はホームに滑り込んだ電車の風圧が一瞬でどこかへ追いやってしまった。


ひぐらしと自転車の練習をした翌日、久し振りに制服に着替えて学校へ向かった。

普段の登校時間よりずっとゆっくり家を出て、人のまばらな電車に乗る。ラッシュ時はとうに過ぎているのでシートにも余裕で座れた。目を閉じると真夏の日差しが瞼を貫いて、眩しさに眼球がじんわりと潤む。

電車の振動に身を預け、今年の夏はのんびりしているな、と全身を弛緩させた。部活の合宿もなく、大会もなく、受験すらない高校三年の夏は、高い所から蜂蜜を垂らすようにとろとろと過ぎていく。プールを中心に回っていた、あの苛烈な夏を忘れそうだ。

電車を降り、十分ほど歩いて学校に到着した。

校庭では運動部たちの姿を見かけたが、校舎の中は閑散としている。夏休み中の学校は抜け殻のような静けさだ。

教室には、まだクラスの半分程度の人数しか集まっていなかった。

ぐるりと室内を見回して、自然と視線は浅野で止まる。

今日の浅野は髪をポニーテールにしておらず、無造作に肩に垂らしていた。メイクもしていないようだ。こうして見ると昨日は随分気合を入れておしゃれをしていたことがわかる。彼氏と一緒だったからか。

教室の隅で他の女子とお喋りしている姿を眺めていたら、ふいに浅野と目が合った。たちまちその表情が強張って、がたりと椅子から立ち上がる。

「島津君、ちょっと」

教室に入ってきた僕と入れ替わりに廊下へ出た浅野は、すれ違いざま僕にだけ聞こえる声で呟く。まだ人が揃っていないせいか文化祭の準備も始まりそうにないので、僕も回れ右して廊下に出た。

浅野は廊下をずんずん歩き、突き当たりにある非常口までやってくると躊躇なくスチールの扉を開けた。扉の向こうには一階までつづら折りに続く外階段がある。

浅野は階段の踊り場で足を止めると、手すりに肘をかけて僕を振り返った。

僕も浅野の隣に並ぶ。校舎の裏側にある非常階段から見えるものは少ない。テニスコートと体育館、裏門に続く細い道くらいだ。

誰もいないテニスコートを見下ろしていると浅野が溜息をついた。同時に甘い匂いが辺りに漂う。

教室や廊下ですれ違うとき、ときおり浅野から甘い匂いがする。シャンプーや香水の匂いとは違う、果物の匂いだ。飴やガムの類だろう。匂いはいつも同じで、でもなんの果物かよくわからない。柑橘類のような酸っぱさはなく、桃のような濃厚さもなく、もう少しさっぱりした、爽やかに甘いこの匂いはなんだろうか。

「ねえ、昨日あんたと一緒にいた子だけど」

少し意識が浮遊して、浅野の言葉に反応するのが遅れた。

浅野は手すりに頬杖をつき、無人のコートを眺めて言う。

「あの子、あたしのことなんか言ってた?」

あまり興味のなさそうな口調だったが、強張った口元や、不自然なくらい回数の多い瞬きから、浅野が少し緊張しているのが伝わってきた。

僕はなんと答えるべきか迷ったが、嘘を言って事態がこじれるのも避けたくて、ひぐらしの言葉をそのまま口にすることにした。

「知らない人だって言ってたけど」

浅野の視線が揺れる。テニスコートには誰もいないのに、まるでネット際で激しい攻防が繰り広げられているかのように小刻みに目が動いた。動揺しているようだ。

やはりひぐらしと浅野は顔見知りなのか。しかし浅野を「知らない」と言ったひぐらしの顔に後ろめたさは感じられなかった。浅野が駆け寄ってきたときも、本当に赤の他人を見るような目をしていたと思うのだが。

「もしかして、人違いしてるんじゃないの？」

とりなすつもりでそう言ってみると、テニスコートを睨んでいた浅野がようやくこちらを見た。

「……あの子、右手に火傷の痕がなかった？」

僕は軽く目を見開く。それが返事の代わりになったらしい。浅野は「あるんだ」と口の中で呟いて、ふいに口調を強くした。

「じゃあ間違いない、エリだ」

浅野の目の奥に強い意志のようなものが見え隠れする。けれどそれは一瞬で掻き消え、力が抜けたように手すりに突っ伏した。

「でもあの子、あたしのこと知らないって言ったんだよね……」

残念ながらその通りだ。ひぐらしと浅野がどんな関係だったかは知らないが、ひぐらしはもう浅野を『知らない人』にしてしまっている。

喧嘩でもしたのだろうか。手すりに額を押しつけて動かない様子を見ると、浅野は仲直りをしたいのかもしれない。だがひぐらしの反応は容赦がなかった。復縁は難しそうだ。大人しそうに見えて、ひぐらしは案外冷酷だ。こと人間関係に関しては。

上手い慰めも思いつかない僕の横で、浅野がのろのろと顔を上げる。

「ねえ、エリとあんた、どういう関係？」

また難しい質問が飛んできた。

通りすがりの他人だと、本当のことを言うのは簡単だ。けれど事実が常に周囲を納得させるわけではない。むしろ不用意に浅野を混乱させてしまう気もする。

迷ってから、僕は端的に答えた。

「知人」

他人ではなく、知人。だったらいいな、という願望も込めて。

それに知人という言葉は意外と懐が深い。他人以上友人未満の人間は全てこの言葉に含まれる。

追究されたらそう答えるつもりだったのだが、意に反して浅野はそれ以上しつこく尋ねてこなかった。手すりから体を離し、気だるげに髪を掻き上げる。

「そう……。うん、それくらいにしておいた方がいいよ。あんまり親しくならない方がいい。仲良くなった気でいると、ある日ばっさり切り捨てられちゃうからね」

言葉尻に自嘲《じちょう》気味な笑い声が滲む。どういう意味か尋ねれば、浅野は唇に笑みを残したまま言った。

「存在をなかったことにされる」

「なかったこと？」

「そう。あたしみたいに」

浅野のことを、知らない人と言い放ったひぐらしの無感動な横顔が蘇る。

実際にどんな仲だったかは関係なく、ある日突然ひぐらしの中で『知らない人』にされてしまう。そんなことがあり得るのかと思ったが、昨日のひぐらしの態度を見れば理解できないでもない。帰りの電車の中でもひぐらしは浅野を話題に出さなかったし、とりたてて気にしている様子もなかった。

街の中で浅野とすれ違っても、多分ひぐらしは振り返らない。視界の中に浅野を認めても、眉ひとつ動かすことはないだろう。

浅野は茶色く染めた髪を指に絡ませ、僕の方を見ないまま言う。

「エリ、火傷の理由について何か言ってた？」

「いや、聞いたことないけど……」

怪我の理由なんてそう簡単に聞けるわけないよ、とつけ足そうとしたが、浅野が溜息をつく方が早かった。

「そっか。それもなかったことにされたのかな……」

細い指に絡まっていた茶髪がほどける。指先で空気を掻くような仕草をして、浅野はその手をスカートのポケットに入れた。

「わかった。時間とらせてごめん」

ポケットから出てきたのはガムだ。お礼のつもりか、それを僕に手渡して非常階段を後にする。

僕はその場に残って手の中のガムを見下ろす。駄菓子屋で、ひとつ十円で売っていそうな風船ガムだ。ガムを包む銀紙をはがすと、辺りに甘い香りが広がった。

口に放り込んだガムはやたらと甘ったるく、匂いに嗅《か》ぎ覚えがあった。改めてパッケージを見下ろす。

浅野がいつもまとっている甘い匂いの正体は、どうやら青リンゴであるらしい。


文化祭の準備があった翌日は金曜日で、僕はひぐらしに伝えた通り昼過ぎにプールへ向かった。

シャワーを浴びてプールサイドに出る。辺りに目を走らせると、自由コースでクロールを泳ぐ人がいた。肩慣らしのようなゆっくりとした泳ぎ方だ。近くで遊んでいた子供たちも、気がついて場所を譲ってくれる。

　息継ぎをするとき少し体の軸がぶれるが、ブレスは安定しているようだ。水面から見えているのは黒い水泳帽くらいだったけれど、僕は確信を持ってその人物が二十五メートルを泳ぎ切るのを待った。

　指先がプールの壁に触れ、ざばりと顔を上げたのは思った通りひぐらしだ。プールサイドで到着を待っていた僕は、その場にしゃがみ込んで「お疲れ様」と声をかけた。

　肩で息をしながらひぐらしがゴーグルを上げる。いつから泳いでいたのか、目の周りにゴーグルの痕がついていた。

「クロールはもう大丈夫そうだね。今日は平泳ぎの練習してみる？」

　ひぐらしは頷くより先にゴーグルをつけ直す。やる気は十分らしい。

　この調子だと案外すぐ僕は用なしになってしまうかなとも思ったが、いざ平泳ぎの練習を始めてみると、依然道は長いと言わざるを得なくなった。

　とりあえずひぐらしのフォームを確認するため好きに泳がせてみたのだが、びっくりするほど前に進まない。

「水を掻いても掻いても、五メートル線が視界の中にあり続けるのが辛いです」

　何度か挑戦した後、プールの底に引かれた赤いラインを見下ろしひぐらしは疲れ切った口調でぼやいた。

手足の動きはそこまでおかしくない。自転車だって結構あっさり乗れたくらいだから、運動神経が悪いわけではないと思うのだが、水の中と外だと勝手が違うようだ。

首を捻りつつ指導を続けたが、クロールより平泳ぎの方が難敵らしく、上達の兆しはついぞ見られない。ビート板を使って足の練習だけさせてみたときはいっそ感動した。どんなに足を動かしても前進しないのだ。完全なる停滞。むしろどうやっているのか僕が知りたい。

結局その日はほとんど進展がなかった。ひぐらしも手ごたえを感じられなかったのだろう。シャワーへ向かう後ろ姿があまりにも悄然《しょうぜん》としていたので、ついその背に声をかけてしまった。

「帰る前に自転車の練習でもする？」

プールサイドを歩くひぐらしに、水の中から声をかける。ひぐらしは立ち止まったものの、振り返らずに首を横に振った。負けん気の強い彼女ならすぐ食いついてくるかと思ったが、駄目か。

「じゃあ、最後にクロールで僕と競争するとか……」

またしても首を横に振られる。そんなに平泳ぎが上手く泳げなかったのがショックだったか。となるともう、あれしかない。

「だったら、逆上がりの練習でもする？　近くに公園があるから」

ひぐらしの肩先が反応する。目新しい挑戦に、少しだけ心を動かされたのが後ろ姿からもわかった。

ようやくひぐらしが振り返ってくれて、僕は口早に言い添える。

「この後何か予定が入ってるなら明日でもいいんだけど」

「いえ、予定があるわけではないのですが……」

ならばこのまま公園へ向かうか。覚悟を決めてプールから上がろうとしたが、ひぐらしに止められた。

「今日も制服で来ているので……」

弱り顔のひぐらしを見て、遅ればせながら彼女が言わんとしていることを察した。制服ということはスカートだ。逆上がりなどできるわけがない。

「じゃあ、日を変えよう。明日はどう？　連日になっちゃうけど」

「大丈夫です、よろしくお願いします」

「場所はここの近くの公園でいい？」

「はい。できれば夕方以降でお願いできますか。自転車の練習をしたとき、凄く暑かったので」

それもそうだと頷いて、待ち合わせ時間を夕方の五時に決める。

それでは、とひぐらしが会釈をする。僕は口元まで水に沈め、そのままひぐらしを見送ろうとしたが、やっぱりできなかった。

「待った！　昨日駅で会った女子なんだけどさ、僕のクラスメイトだった。浅野っていうんだけど」

今日一日、いつ切り出そうかと迷っていたらこんな別れ際になってしまった。

ひぐらしは肩越しに僕を振り返り、不思議そうに首を傾げる。

「そうですか」

返ってきたのはその一言だけで、むしろなぜそんなことを自分に報告するのだと訝しむような表情をしている。

それ以上何か続けることはできず、僕は再び口元まで水に沈んだ。プールの中からひぐらしに手を振れば、小さく頭を下げ返される。

シャワーの向こうに消えていくひぐらしを見送って、背中から水に倒れ込んだ。頭の上で両手を伸ばし、緩くバタ足をすると水面からざばりと体が浮き上がる。

ゆったりと背泳ぎをしながら天井を眺める。耳が半分水に浸かり、周囲の喧騒が遠くなった。

浅野の名前を出したとき、ひぐらしはほとんど反応をしなかった。無理に気のない素振りをしているわけではなく、本当に関心がないようだ。

やはり浅野は人違いをしているのではないか。でなければ、ひぐらしが頑なに浅野を忘れた振りをしているか。

水にたゆたいながら考え込んでいたら、指先にプールの壁が触れた。

立ち上がり、どっちでもいいか、と思い直す。

ひぐらしと浅野がかつてどんな関係だったのかすらわからないのに、第三者の僕が二人の仲をあれこれ詮索するのも筋違いだ。

ひぐらしには、何か浅野を避けたい理由があるのかもしれない。それを僕に隠していたとして、どうしてひぐらしを責められるだろう。隠し事の一つや二つ、人間誰しもあるはずだ。

僕だって、ひぐらしにずっと隠してきたことがある。

隠したというより、敢《あ》えて言う必要もないから黙っていただけなのだが、真実に蓋をしたのは本当だ。このまま隠し通そうかと思ったこともあるが、さすがにそろそろ限界か。

乗り掛かった船から降りる術《すべ》を僕は知らない。

プールの壁に凭れ、水の中で掌を開いたり閉じたりしてみる。身体の力を抜くつもりで深く息を吐いたが、逆に力一杯拳を作ってしまって自分が緊張していることを思い知らされた。

明日、僕はひぐらしに秘密を打ち明ける。どんな顔をされるだろうと思うと、少し怖い。

プールから上がりながら、いい格好するのもここまでかな、と口の中で呟いた。

翌日の夕刻、僕は少しばかり物憂い気分で家を出た。自転車に乗って、向かう先は市民プールの近くにある公園だ。

夕方の五時を目前にしてもまだまだ空は明るかった。気鬱を振り切るようにペダルを踏み込めば、まとわりつく蒸し暑さも一緒に後ろへ吹き飛ばされていく。

市民プールから歩いて五分程の場所にある公園は、高台にあって見晴らしがいい。眼下に広がる家並みと、少し離れた駅前まで一望できる。

今日は珍しく僕の方が早かったようで、公園にひぐらしの姿はまだなかった。

こぢんまりとした園内には鉄棒とブランコ、小さな砂場があるばかりで子供たちの姿はない。市民プールの後方に広がる雑木林は公園の近くにまで広がっていて、セミの声がそこかしこから響いてくる。

ひぐらしを待ちながら、大小二つ並んだ鉄棒に近づいてみる。元は何色だったのかもわからない真っ黒な鉄棒は、終日直射日光にさらされていたせいで恐ろしく熱い。待ち合わせを夕方にしたのは正解だった。

熱したフライパンに触れるような気分で鉄棒を突《つつ》いていると、背後で砂を踏む音がした。振り返って、僕は目を丸くする。

公園に入ってきたのはひぐらしだった。いつもの制服姿ではなく、白い半袖のブラウスに、七分丈のパンツを合わせている。

逆上がりの練習をするのだから私服で来ることはわかっていたが、それでも初めて見る姿に動揺した。髪も後ろで一本に結んでいて、なんだかいつもと違って見える。

当のひぐらしは普段通りの無表情で近づいてくる。意識しているのは僕だけか。とはいえ何かコメントくらいした方がいい気もする。迷ってしまって言葉が出ず、代わりに僕は自身の首元を指さした。

「ブラウスの襟、中に入ってるよ」

挨拶も抜きに指摘すると、ひぐらしはぱっと自分の首元に手を当て、慌てた様子で襟を直した。

「すみません、出かけるとき、ちょっと急いでいて」

「寝坊でもした？」

夕方に待ち合わせをしたのにこの質問も間が抜けている。うろたえ過ぎではないかと思ったが、ひぐらしも同じくうろたえていたようでうっかり口を滑らせた。

「いいえ、何を着ていけばいいのか迷ってしまって」

「え、そんな」

デートに着ていく服を選ぶわけでもあるまいし。

そう返そうとして寸前で口をつぐんだ。それを口にしてしまったら最後、この場の空気が妙にぎくしゃくしてしまいそうな予感があったからだ。

多分、そういうことじゃないんだろう。単純に服に迷ったというだけで、見せる相手が僕であるかどうかは関係ない。はずだ、多分。

でももしかしたら？

己惚《うぬぼ》れそうになり、慌てて鉄棒を摑んだ。日光に炙《あぶ》られた鉄棒は熱かったが、先程よりは気にならない。

ひぐらしは自分の発言にあまり注意を払っていなかったようで、襟元を正すと平然とした顔で僕の隣に並んだ。躊躇なく鉄棒に手を伸ばす彼女を、待った、と鋭く止める。

「練習する前に、ひとつ言っておかなきゃいけないことがあるんだ」

ひぐらしが手を引っ込める。僕の深刻な表情に気づいたようで、体ごとこちらに向けて話を聞く態勢になった。その神妙な顔を見下ろして、僕は小さな深呼吸をした。

「ずっと君に隠していたことがある」

「なんでしょう」

隠し事をしていたと打ち明けたのに、こちらを見上げるひぐらしの目は揺るがない。僕の指導に従ってクロールと自転車をマスターした実績があるせいか、師匠を見上げる弟子のようなひたむきさすら漂っている。

これを打ち明ければ、もうこんな目は向けてもらえないかもしれない。一抹の淋しさを振り切り、拳で軽く鉄棒を叩いた。

「実は、僕も逆上がりができない」

ひぐらしが目を見開く。

風が吹いて、雑木林がざわざわと鳴る。

いつのまにかセミの声が聞こえなくなっていた。先程まで煩《うるさ》いくらいにアブラゼミが鳴いていたのに。

次の瞬間、見計らったかのようなタイミングでヒグラシが鳴き始めた。

今まであまり意識したこともなかったが、セミたちも種類ごとに互いの活動時間を譲り合っているらしい。ヒグラシは明け方や夕方の薄暗い時間に鳴く。アブラゼミが鳴き交わす日中は、どこで何をしているのか黙り込んだままだ。

しかしこんな状況で計ったようにヒグラシが鳴き出すのは勘弁してほしい。物悲しい雰囲気が出てしまう。そういうことならもう結構ですと、ひぐらしが鉄棒以外の練習も中止してしまわないか心配だ。

とはいえこれ以上の弁明は余計に格好が悪い。唇を真一文字に結んで反応を待っていると、ひぐらしがふっと口元を緩めた。続けて、ふふ、と柔らかな笑い声が耳を打つ。

口元を手で隠し、ひぐらしは俯《うつむ》き気味に声を立てて笑った。

　ひぐらしが笑う姿を見るのはこれで二回目だ。でも、前回と今回では笑顔の種類が違う。前回は、なんだか少し怖いものを見てしまったような気分にさせられる微笑だったが、今回は年相応の楽しげな笑みだった。

　呆気《あっけ》にとられる僕を横目で見て、ひぐらしは笑いをこらえるような顔をした。

「ごめんなさい、凄く深刻な顔をしていたので、何を言い出すのかと思って……」

「結構深刻なことだと思うけど」

「逆上がりができないことが？」

「君に教えられないことが」

　ひぐらしは目を細める。「真面目ですね」と言われてしまったが、交通ルールに違反するからと自転車の二人乗りを拒むひぐらしに言われたくない。

　ひぐらしは俯けていた顔を上げ、まだ目元に笑いの名残を浮かべたまま僕を見上げた。

「貴方はなんでもできる人だと思ってました」

「そう勘違いされてる気がしたから言い出せなかったんだ」

「本当に逆上がりができないんですか？」

「できない。小学生の時に授業でやったのが最後だけど、担任がわりと緩い人だったから、できなきゃできないで放っておいてくれたんだ。そもそも鉄棒なんて、中学以降の体育じゃ必要にもならないし」

なるほど、と頷いてひぐらしは鉄棒に触れる。思ったよりも熱かったのかすぐ手を引いて、ごまかすように両手を体の後ろに隠した。

「だったら、一緒に練習しましょう」

思いがけない提案だった。

できない者同士で練習しても何も起こらないのではと尻込みすれば、ひぐらしはしたり顔で僕のポケットを指さす。

「先生は、何も生身の人間ばかりではないでしょう?」

その意図を悟り、すぐにポケットから携帯電話を取り出して検索サイトを開いた。『逆上がりのコツ』というワードで検索すれば、該当の動画が幾つもヒットする。

まずは勉強あるのみだ。二人でベンチに座って動画を見た。

スポーツクラブのインストラクターらしい男性が、小学生と思《おぼ》しき子供たちを相手に逆上がりのコツを伝授する。こうして見ていると存外簡単にできそうなのだが、見るのとやるのはわけが違う。

早速ふたりで鉄棒の前に立ってみたが、僕は気後れしてしまってなかなか鉄棒を握ることができない。蹴り上げた足を空中で無様にばたつかせて地面に落とす姿を想像するだけでげんなりした。

一方のひぐらしは躊躇がない。ひとりで市民プールに通い、人目も気にせず不器用にクロールを習得しようとしたくらいだ。鉄棒を摑み、思い切りよく地面を蹴る。中途半端に足が上がっただけですぐ地面に落ちてしまっても動じない。それどころか僕を見遣《みや》り「動画とどこが違いました？」などと尋ねてくる。

僕は「腕が伸びてる」「足が上がり切ってない」と伝えることはできても、いざ自分がやろうとすると体が動かない。小学生のときだって、周りが次々逆上がりをマスターする中、自分だけできないのが恥ずかしくてろくに練習できなかった。高校生にもなって逆上がりの練習なんて、輪をかけて恥ずかしい。

ひぐらしの隣で適当に練習しているふりをして、ときどき一緒に動画を見る。

逆上がりは蹴る力はもちろんのこと腕力も重要だと知るや、ひぐらしは肘を曲げて鉄棒にぶら下がり始めた。膝を畳み、地面から爪先《つまさき》を浮かせてミノムシのようにゆらゆらと揺れる。

「回転している間はこの状態を維持しなければいけないわけですね」

腕にかかる負荷を理解したような顔をしてまた黙々と練習を始める。今に始まったことではないが、何かを習得するときのひぐらしはストイックだ。

練習を始めてから一時間も経つと、辺りが夕闇に包まれ始めた。あれほど熱かった鉄棒もすっかりぬるんでいる。

鉄棒を握り、ためらいつつ地面を蹴ろうとしたら、隣でひぐらしが「あっ」と声を上げた。目の端でひぐらしの体がぐるんと一回転したのが見えて慌てて振り向くと、地面に足をつけたひぐらしが呆《ほう》けたような顔をしていた。

「できた？」

横から尋ねると、ひぐらしは前を向いたまま小さく頷いた。

鉄棒を握るひぐらしの横顔に、じわじわと達成感が広がっていく。ひぐらしは再び鉄棒を握り直すと、勢いをつけて地面を蹴った。

爪先が真上に伸びる。腕はしっかりと曲げられたまま、鉄棒を中心に小さな体がぐるりと一回転した。

地面に足をつけるなり、「できました」といつもより大きな声でひぐらしは言う。今度は僕もちゃんと見られた。おめでとう、と声をかけようとしたが、それを遮るようにひぐらしが身を乗り出してきた。

「貴方もできるように頑張りましょう、お手伝いします！」

思いがけぬ勢いに呑まれ、うっかり頷いてしまった。よくよく考えれば僕は逆上がりなんてできなくてもよかったのだけれど、ひぐらしの高揚した顔を見たら断れなかった。

今日だけは、生徒と先生が逆転する。

先に逆上がりができるようになったひぐらしは、はりきって僕に指導をつけてくれた。こうなるともう、できないことを恥じている暇などない。「もっと腕を曲げて」だとか

「おへそを見て下さい」だとか、次々鋭い声が飛んでくる。

　僕を励ますひぐらしの声は、かつてなく生き生きと耳を打った。思えばこれまでは僕が一方的に助言を与え、ひぐらしは「はい」と返事をするだけだった。

　人に物を教えるのは案外楽しいものだ。僕もそれは知っている。だからひぐらしの声が弾むのもわかる。声だけ聞いていると楽しそうに笑っているのではないかと思うくらいだ。辺りは薄暗くなってきたものの、まだ公園の外灯はついていなくて、その表情がよく見えないのが惜しまれる。

　何度目かに地面を蹴ったら、蹴り上げた砂が顔にかかって手元が疎《おろそ》かになった。鉄棒から手を離してしまい、尻から地面に落下する。

「大丈夫ですか」

　ひぐらしが駆け寄ってくると同時に、やっと公園の灯りがついた。僕は地面に座ったまま、後ろ手をついて空を仰ぐ。

「もういいんじゃないかな、逆上がりなんて。成人してから必要になるスキルとも思えないし、できないからって死ぬわけでもない」

　疲れ果てて愚痴をこぼす。現実問題、逆上がりができなかったところで何が起こるというのだろう。

　しゃがみ込んだひぐらしが、気遣わし気に僕の顔を覗き込む。

「じゃあ、やめますか」

うん、やめる。

そう言ってしまってもよかった。ひぐらしと違って、僕は逆上がりができるようになりたいと望んでいたわけでもない。当のひぐらしは無事逆上がりを習得したのだし、もう帰ってしまってもいいはずだ。逆上がりに未練はない。でも。

僕は大きく息を吐くと、一直線にひぐらしを見た。

「やめない。僕も達成感を味わいたい」

逆上がりに未練はないが、何かひとつ習得するたび、静かな達成感に浸る彼女を羨《うらや》ましいと思っていた。

自分が最後にあんな顔をしたのはいつだろう。そのときどんな気持ちが胸に広がったかなんてもう忘れてしまった。

きょとんとするひぐらしを横目に立ち上がる。がむしゃらに地面を蹴るのはいったん休み、先程ひぐらしがやっていたように腕を曲げて鉄棒にぶら下がってみた。

腕だけで自分の体重を支えるのは結構きつい。回転する間もずっとこの感覚が続くのだと自分の体に覚え込ませる。

もう一度しっかりと動画も見直した。フォームを覚え、頭の中でイメージを作るのは大事だ。腕を曲げる、地面を蹴る、足を伸ばす、一連の動きを目に焼きつける。

ひぐらしも懸命に僕のフォームの狂いを教えてくれた。

すっかり日も落ちた公園で、ああでもない、こうでもないと試行錯誤を繰り返す。蹴り上げた砂が顔にかかってももう気にならなかった。勢いをつけて地面を蹴れば、反転した視界に夏の夜空と汚れたスニーカーの爪先が映り込む。

ここだ。ここでいつも回転が止まってしまう。あと少しこの足が前に倒れてくれれば体が回るのに。なかなかその一線が越えられなくて歯嚙みする。

悔しくて腕に力を入れたら、回転の途中で鉄棒を腹に引き寄せるような格好になった。重心がわずかに傾いて、爪先が地面に向かって引っ張られる。

うわっ、と声が出た。一回転したせいで重力の方向を見失い、地面に下りた足が派手に滑る。靴の裏が勢いよく地面を削り、鉄棒を握った腕が伸び切ったところでようやく止まった。

空中で足が止まった瞬間は『また失敗だ』と思っていたので不意打ちに言葉も出ない。隣にいたひぐらしも予想していなかったようでその場に立ち尽くしている。

僕は慌てて立ち上がると、もう一度鉄棒を摑んで地面を蹴った。

足が上がる。下半身がひどく重くて、毎度この瞬間は逆上がりなんてできるわけがないと思う。悔しくて腕を引く。――そうだこのタイミングだ。

しっかりと両腕に自分の体重がかかって、踵《かかと》から落ちるのではなく、爪先が前に引っ張られる感じ。

ぐるんと視界が一回転して、心臓まで一緒にひっくり返った。

目に見えない風が背中を押す。そんな感覚を久しぶりに思い出した。

心臓の鼓動が一息に速度を上げ、鉄棒の上に両手をついたまま呆然と目を見開く。

そうだ、この感じだ。

初めてクロールで二十五メートルを泳ぎ切って、プールの壁にタッチしたときと同じ感覚。

言葉もなく僕は鉄棒を握りしめる。

期せずして、ひぐらしが逆上がりに成功したときと同じ表情と仕草になってしまったが、自分ではそれに気づかない。

隣に立っていたひぐらしが控えめに拍手をしてくれるまで、僕は息すら潜めて静かな達成感を嚙みしめていた。


逆上がりが成功した興奮も冷めやらぬまま帰るのはなんだか惜しくて、しばらく公園のベンチで休んでいくことにした。もうすっかり暗くなってしまったのでひぐらしは先に帰るかと思ったが、何も言わず隣に座ってくれる。

公園を囲むフェンスの向こうに街の灯が見える。ぼんやりと眺め、細く長い溜息をついた。

「……僕さ、小学校の四年生になるまでろくに泳げなかったんだ」

ひぐらしが意外そうな顔でこちらを見る。でも事実だ。

別に水が怖かったわけじゃない。むしろ水に潜ったりぷかぷかと浮かんでいたりするのは好きで、子供の頃は風呂場で頭からお湯をかぶってもけろりとしていた。

二年生まではプールの授業に対する苦手意識もなかった。浅いプールで揃ってばちゃばちゃとバタ足をしていた頃、僕は他の子供たちより長く水に顔をつけていられたし、誰より速くバタ足で十メートルを泳ぎ切った。

しかし、クロールと平泳ぎが出てきてから劇的に授業の風景は変わった。

「授業中、きちんと先生からクロールと平泳ぎのフォームを教えてもらった記憶がないんだ。もしかすると他人より泳げるからって慢心して、僕が先生の話を聞き流していただけかもしれない。どっちにしろ、気がついたらクラスの大半は不器用なりにクロールと平泳ぎができるようになってたのに、僕は泳げないままだった。どうやって水を掻いて、どうやって息継ぎすればいいのかわからなかったから」

三年生のときは周囲も泳げたり泳げなかったりまちまちだったのでなんとかなった。しかし四年生ともなるとほとんどの生徒はできて当然という顔でクロールなど泳ぎ始める。

僕はというと、バタ足で二十五メートルを泳いでいた。

周りからは「それに腕をつければクロールだ」と言われたが、やはりバタ足とクロールは別物だ。まず息継ぎのし方が違う。腕の回し方もよくわからない。

今更先生に教わるのは気恥ずかしかった。プールの隅で指導される姿をクラスメイトたちに見られると思うと体が硬くなる。自己流のクロールは何か間違っていそうで人目にさらしたくなかった。

ならばスイミングクラブに通うかと両親は提案してくれたが、近所のクラブには同級生が通っている。どちらにしろ泳げない姿を見られてしまう。

結局、夏休み明けのプールの授業は全て見学した。そのまま四年生の夏を終えようとしたとき、僕の父が待ったをかけたのだ。

父は僕を市民プールへ連れてきてくれた。ひぐらしも通っているあのプールだ。

「五年生で泳げない方が今よりもっと恥ずかしいぞ」と言い含められ、週末は父と一緒に水泳の練習をすることになった。

「バタ足では二十五メートル泳げるのに、クロールになると上手く息継ぎができなくなって半分も泳げないんだよね。顔を上げると体が沈んじゃって」

当時を思い出して呟くと、ひぐらしが力強く頷いてくれた。つい先日までひぐらし自身同じような経験をしていたからだろう。

父親は意外にも教え方が上手く、僕は一週間とかからずクロールをマスターした。

初めてクロールで二十五メートルを泳ぎ切ったときの心境は、つい今しがた鮮烈に思い出したばかりだ。

「……嬉しかったなぁ」

噛みしめるように呟くと、またしてもひぐらしが大きく頷いた。口元に微かな笑みが浮かんでいる。彼女もあの心境を思い返しているのかもしれない。

当時の僕も嬉しくて、有頂天になって、その勢いのまま水泳クラブに通い始めた。僕はそこで思いがけず頭角を現し、翌年の夏にはクラスで一番速く泳げるようになったし、中学時代には水泳大会に出るまでになった。

「そんなに凄い人に私は泳ぎを教わっていたんですか……」

ひぐらしがぎくしゃくと姿勢を正すのを見て、声を立てて笑う。

凄くはないのだ、残念ながら。確かに中学時代は全国大会にも出たが、僕のピークはそこまでだった。

「僕が通ってる学校は中学から大学までのエスカレーター校なんだけど、高校の水泳部はかなりの強豪でさ、部活に入るためにわざわざ外部受験してくる生徒もいるくらいなんだ。僕なんて、高校に入ったらあっという間に万年補欠になった」

僕の自己ベストなど、同級生たちが練習の合間に軽々と超えていってしまう。タイムを比べるまでもなく、自分はこの場にいる誰より遅いのだと否応もなく突きつけられた。

小学校のプールの真ん中で、泳ぎ方がわからず右往左往していたときのように、自分の泳ぎがどんどんぎこちなくなっていく。

部活を引退する直前など、大会に出場することはおろか学校のプールでまともに泳いだ記憶もない。他の選手のタイムを計ったり用具の準備をしたり、マネージャーのようなことばかりしていた。

ベンチに凭れ、頭上に広がる夜空を見上げる。

「小学生の頃、夏の間僕はクラスのヒーローだった。速く泳げることは凄いことだって、僕も周りも信じて疑ってなかったから。誰より速く泳ぐことができる、それだけが僕の支えだったのに、高校に入ってその支えが折れた」

白々と光る星の中に赤い光が交じった。飛行機のライトだ。

ゆっくりと夜空を滑空する機体を目で追っていると、ひぐらしが何か言いたげに口を開いた。視線を向けると、珍しく苦しそうな顔でこちらを見ている。僕を慰めようとしているのかもしれない。

大丈夫、と軽く笑って、僕はもう一度夜空を見上げる。

「でも、自分が他人より『できる』と思ってることって、他人から見たら大したことでもないのかもしれないなって、君を見てたら思うようになった」

夜空の片隅で、飛行機はまだ赤い光を明滅させている。小さくなっていくその光を眺めていると、隣に座るひぐらしがじりじりと距離を詰めてきた。

「どういうことですか？」

飛行機の光を追うのに夢中になって、ぽろりと口から本音が漏れた。

「中学の時、自由種目で金メダルをとった僕から見れば、二十五メートルをクロールでゆっくり泳ぎ切るのは大したことじゃないと……」

「ひどい」

ひぐらしの硬い声がして、慌てて視線を地上へ戻す。

「ごめん、待って、続きがある。僕が中学時代に金メダルをとったことだって、現役のオリンピック選手から見れば他愛もないことなんだろうなぁと思ったんだ」

我ながら失礼なことを言ったと気づいて必死で弁明したが、ひぐらしは思ったより怒った顔をしていなかった。それどころか真剣な表情で僕の言葉を噛み砕こうとしている。

「わざわざオリンピックの選手を引っ張り出さなくたって、今の僕の目から見ても、中学生の記録で目を瞠《みは》るようなものは少ないよ。だから、その程度なんだ。当時の記録なんて、そんなに固執するようなことじゃなかった」

胸の中でぼんやりと輪郭を持ち始めていた気持ちが、ひぐらしに伝えるべく言葉にすることではっきりとした形を持ち始める。

ずっとずっと、中学生のときにとった金メダルだけが心のよりどころだった。

高校に進学して、自分よりずっとタイムのいい選手たちを目の当たりにしたときは、大事にしていたメダルの色が褪《あ》せてしまったような気がした。いつのまにか自己ベストすら超えられなくなって、自分はいよいよ当時のメダルも手放したのだと思った。

でも、そんなことで自分自身の価値まで失ってしまったなんて思うのは、ちょっと大げさ過ぎたのかもしれない。

夏の湿った風が公園を吹き抜けて、僕の薄っぺらなTシャツを膨らませていく。汗ばんだ肌に夜風が心地よく、自然と頬に笑みが浮かんだ。

「それよりも、あのとき『できた！』って思えたことが、後々自分の背中を支えてくれてたんだって覚えておくべきだった」

思い出すのは父親と通った市民プール。がむしゃらに水を掻いて、目一杯伸ばした指先がプールの壁に触れた。立ち上がって振り返った二十五メートルプールがとても広く感じたのを、今こんなにも鮮明に思い出す。

この距離を泳ぎ切ったのだ、という達成感に身震いする。できる、できた。小さいけれど確かな成功体験が、その後の僕の背中を押す原動力になった。

「久々に思い出した。逆上がりができただけなのに、今なら他にもいろいろできそうな気がする」

黙って僕の言葉に耳を傾けていたひぐらしが、もう一度しっかりと頷く。

ひぐらしにも覚えがあるのだろう。初めて二十五メートルをクロールで泳ぎ切った日、ロビーでジュースをおごってくれた彼女もこんなふうに興奮した様子で、いつもより口数が多かった。

無言でこちらを見上げるひぐらしはいつも通りの無表情なのに、瞳だけが雄弁だ。わかる、知ってる、と強い眼差しで訴える。

自分の感情を他人と共有できると、不思議なくらい高揚するのはなぜだろう。弾む気持ちが背中を押す。この数週間、どうしようかな、と迷って停滞していた気持ちがぐるりと回った気がした。逆上がりをしたときのように軽やかに。

「大学では、もう泳がないつもりだったんだけどなぁ」

口元に笑みを残したまま、ぼやくような口調で呟く。

高校を卒業したら、もうきっぱりと水泳はやめよう。

夏休みが始まった当初はあんなにしっかり固まっていた気持ちが、ひぐらしに会ってからぐらつき始めた。

どうせ自分のタイムは速くないし、大会に出られるわけでもない。他の選手と一緒に泳いで卑屈になるくらいなら水から上がった方がましだ。納得して出したはずの結論が、もろくも崩れ去ってしまう。

話の先が見えないのか、無言で目を瞬かせるひぐらしに苦笑を漏らす。

「君を見てたらまた泳ぎたくなってきた。他人とタイムを比較するんじゃなくて、昨日の自分と比較して『勝った！』ってガッツポーズを作りたい」

君みたいに、とつけ足すと、ひぐらしが大きく目を見開いた。

夜の公園で、ひぐらしの黒く潤んだ瞳が外灯の光を跳ね返す。表情が乏しいように見えて、案外目元の感情表現が豊かなことに初めて気がついた。素早い瞬きを繰り返した後、照れたように目を逸らす。

面映《おもは》ゆそうな表情が、ぱっと明るいオレンジに照らし出された。

遅れて、どぉん、と低い音が辺りに響き渡る。

目の端で光が散った。夏の夜空を鮮やかに切り裂いたのは打ち上げ花火の閃光《せんこう》だ。立て続けに色とりどりの花火が打ち上げられ、僕らは声を呑んで夜空を見上げる。

夜空が光った後、打ち上げ音が聞こえてくるまでにさほどタイムラグはない。打ち上げ場所はここからそう遠くないようだ。花火が落ちると、微かに火薬の匂いまで漂ってきた。

「……花火大会か」

ひときわ大きな花火が上がったのを最後に静けさが戻り、僕はようやく思い至る。今日は地元の花火大会だ。

オープニングの派手な連発花火が終わると、次は間を置いて一発、二発と花火が上がり始めた。

横目で見てみると、ひぐらしも驚いた顔で空を見上げていた。彼女も今日が花火大会であることを失念していたらしい。

せっかくなので、しばらく花火を見物していくことにした。

「これで縁日でも出てたら最高なのにね」

「どこかで出ているのでは？」

「ないんじゃないかなぁ。屋台は夏祭りの日しか並ばないはずだから……。前から思ってたけど、夏祭りと花火大会が違う日って盛り上がりに欠けるよね」

僕たちの地元では花火大会と駅前の夏祭りが別々の日に開催される。駅前の大通りにずらりと縁日が並ぶ夏祭りは花火大会の翌週だ。

僕たちが小学生の頃は、花火大会と夏祭りは同時に開催されていた。三日間続く夏祭りの最終日に花火が打ち上げられて、駅前は大いに賑《にぎ》わったものだ。それがこんなふうに日程をずらすようになったのは数年前のことで、僕を含めた地元の子供たちからは「縁日もない花火大会なんて」と非難囂々《ごうごう》だった。

「……どうして夏祭りと花火大会を同じ日に行わないのでしょうね」

花火を見上げていたひぐらしがぽつりと呟いて、思わずその横顔に目を向けてしまった。ひぐらしの表情を見る限り本当に理由がわかっていないようで、僕の方が驚いてしまう。

「僕らが小学生の頃、縁日で事故があったからだよ。屋台のガスボンベが爆発して、怪我人が出て。周りにいた客もパニック起こして、テロとかデマも流れて、大勢の人が一斉に逃げ出して怪我人が出たから、人を分散させるために……」

　ここまで言ってもまだひぐらしはぴんとこない顔をしている。本気かと、彼女の顔を覗き込んだ。

「覚えてない？　テレビの取材も結構来たのに」

　滅多に事件など起こらない町だ。テレビ局の人間がやってきて、駅前の風景がテレビで流されるというだけで大騒ぎだった。当時小学六年生だった僕も、駅前にカメラが来ていると噂で聞きつけ友人たちと駅に駆けつけたものだ。地元に住んでいる人間なら全員知っていると言っても過言ではない出来事だと思っていたのだが。

　以前、ちらりと頭を掠めた疑問が再浮上する。

「やっぱり君、最近この近くに引っ越してきた？　それとも本当に帰国子女？」

　ひぐらしは小学生の頃に流行していたアニメの主題歌も知らなかった。全国規模で流行った主題歌を知らないということは帰国子女の可能性も捨てきれない。

　花火が上がって、彼女の瞳の奥で青い光が瞬《またた》いた。ひぐらしはその光に誘われるようにゆるゆると視線を上げ、短く答える。

「そうかもしれません」

　返ってきたのは肯定でも否定でもない。

この期《ご》に及んではぐらかされるとは思わず、少なからず動揺した。夏休みに入ってからというもの連日のように顔を合わせているのに、今更自分のことを隠そうとするひぐらしの意図がわからない。

「……知人には教えてくれないんだ？」

冗談めかして言ってみた。知人であることさえ否定されたらどうしたものかと思ったが、無言で頷かれてほっとした。頭上で花火が上がって、ほっとするところではないな、と思い直す。

無言の間も花火は上がる。

唐突に、隣に座る彼女との距離感がわからなくなった。

名前も知らない、住んでいる場所もわからない。でも夏休みに入ってから、家族以外の人間で誰より多く顔を合わせているのは彼女だ。水泳を教え、自転車を教え、今日は逆に逆上がりを教えてもらって、感動を共有し合ったような気分でいたけれど違うのか。

陽炎の向こうを眺めるのにも似て、近いのか遠いのか判断がつかない。

視線を落とすと、ひぐらしの右手に目がいった。膝の上に行儀よく置かれた手の甲には、ケロイド化した火傷の痕が残っている。

「その火傷は、どうしてできたの？」

これまでずっと触れられなかった話題に、前触れもなく切り込んでみた。

親しくもない相手に、体に残る痕のことを聞かれるのは嫌だろうと思って、ずっと呑み込んできた質問だ。でもこの調子では、夏の間中会い続けてもひぐらしは自分のことを教えてくれない。

いっそのこと、態度をはっきりさせてもらいたかった。

僕と親しくなる気はないくせに、躊躇なく僕と待ち合わせて公園に現れるひぐらしのことがよくわからない。曖昧な言葉ではぐらかさず、踏み込んでくるなと強く拒絶してくれれば諦めもつくのに。

花火を見上げていたひぐらしが自分の手を見る。ひぐらしは他人の手を眺めるような無感動さで右手を見て、火傷の痕を確かめるように指で撫でた。

「わかりません」

またただ。また明確な答えが返ってこなかった。

自分の体のことなのにわからないはずがあるものかと、僕はむきになって身を乗り出した。

「浅野は君の火傷のこと、知ってたよ」

「浅野？」

「この前公園で会った僕のクラスメイト」

「あの人のことは知りません」

そんなわけはない。浅野は明らかにひぐらしを知っていた。エリ、と名前で呼んでいたし、火傷のことだって気にしていた。

それなのに、ひぐらしが嘘をついているようには見えないから困惑する。

ひぐらしは無表情に見えて目が素直だ。前置きもなく浅野の名前を出してみても、不思議そうに瞬きをするばかりで僕から目を逸らそうとしない。そのまっすぐな視線が演技だとは思えなかった。

本当に浅野を知らないのだろうか。ならば浅野の勘違いか。それとも浅野が言っていた、存在をなかったことにされるというのはこういうことなのか？

胸の縁を、じわじわと焦燥の火が炙り始める。

自分もいつか、ひぐらしの中で存在しなかった人物になってしまうのだろうか。そんな不安が頭をもたげた。

別にそれで困ることなどひとつもない。知り合ったのは偶然だし、こうしてひぐらしにつき合っているのは成り行きだ。明日突然ひぐらしと会えなくなっても困らない。

困らないけれど、嫌だな、とは思った。

せめてひぐらしの名前を知りたい。このままふつりと縁が切れてしまうのは嫌だ。

つらつらと考える間に何発の花火が上がったかわからない。ひぐらしはもう僕を見ていないのに、僕ばかりひぐらしから目を逸らせずにいる。

ひときわ大きな花火が夜空を彩り、ひぐらしが小さな歓声を上げた。その横顔に目が釘づけになる。

どうしてこんなに目を離せないんだろう。

思えば初めてプールで見たときからずっとだ。雨の停留所でも、公園の芝の上でも、花火を横目に捉える今も、ひぐらしから目を逸らせない。

どうして彼女だけ、としつこいくらいに理由を求め、『彼女だけ』という自分の言葉に肩を叩かれた。

理由より、彼女が自分の中で特別になっている事実を認めた方が話は早いのではないか。

どうして、は後回しでいい。すでに彼女は特別になってしまっているのだ。だからこのまま縁を切りたくない。

目を離せない。

名前が知りたい。

こういう気持ちは海が満ちていくように少しずつ水位を上げていくものだと思っていたけれど、気づいたときにはもう溢《あふ》れているのだと初めて知った。

ひぐらしの横顔を見詰める。彼女は花火に夢中だ。白い頬に赤や青の光が照り映えて綺麗だった。飽きもせず眺めていると、ひぐらしもこちらを向く。

流れてきた視線を捕まえ、静かに尋ねた。

「僕たちは友達になれない？」

花火が上がった。でもひぐらしはもう空に視線を向けない。

返ってきたのは沈黙だけだったが、なれません、と即答されなかっただけまだ望みはあるだろうか。彼女の忙《せわ》しない瞬きは、どんな感情の発露だろう。

わからないだけに怖い。

続く言葉を口にするのは勇気が要った。喉元まで出かかったそれを、飲み込もうとして踏みとどまる。背中から風が吹いてきたからだ。

今日でなければ、背に当たる風は単なる風でしかなかった。でも逆上がりをマスターした今日だけは、気後れする僕の背を押す追い風だ。

「まずは、知人から友達に昇格したいんだけど」

ひぐらしは戸惑ったように視線を揺らし、「まずは……？」と僕の言葉をなぞり返した。

うん、と頷いた声が少し掠れた。緊張しているのがばれないように、極力普段と変わらぬ口調で続ける。

「その次の段階もあればいいな、と思う」

知人の次は友達。友達の次はなんだろう。

親友、などと思われたらどうしたものかと思ったが、ひぐらしの目の周りがかぁっと赤くなったので、どうやら正しく伝わったようだ。

とても遠回しな言い草だが、生まれて初めて告白めいたものをした。その勢いを殺さぬうちに身を乗り出す。

「来週、一緒に夏祭りに行こうよ」

ひぐらしは何も言わない。しっかりと唇を引き結んで、遠目には無表情にしか見えない。けれど目元はまだ赤い。視線がうろうろとさ迷って、本当に瞳だけが素直だ。

動揺するひぐらしをじっと見詰めていると、僕の視線から逃げるように深く俯かれてしまった。横顔に髪がかかって、赤く染まった目の周りが見えなくなる。

互いに無言のまま三回花火が上がって、やっとひぐらしが口を開いた。

「知人とお祭りには、いきません」

すげなく断られたにもかかわらず、僕は小さく笑ってしまう。

断られてもダメージが小さくて済んだのは、ひぐらしが僕を知人と呼んだからだ。友達も知人も作りたくないと宣言していたはずなのに、いつの間にか僕を知人に昇格させてしまっている。そのことに、ひぐらし本人は気づいていない。

もっと取りつく島もない相手かと思ったけれど、違った。意外に隙があるし、無感動に生きているわけでもないようだ。

とりあえずめでたく知人に格上げしてもらった僕は、別の言葉でひぐらしを誘ってみた。

「だったら、来週の土曜日に駅前で自転車の練習しよう。それで、近くでお祭りがやってたらついでに寄っていこうよ」

夏祭りはついでということにしてみた。言い淀むひぐらしに「しばらく乗らないでいると乗り方忘れちゃうよ？」とけしかければ、ますます迷うように視線が揺れた。

僕は急かさず返事を待つ。幸い今日は花火大会だ。夜空に打ち上げられる花火を見ていれば時間を潰すのも苦ではない。

悠然と空を仰ぐ。本当は心臓がいつもより速く脈打っていたのだが、ばれないように無心で空を見上げ続けた。

フィナーレが近いのか打ち上げの間隔が短い。さすがに花火が終わったらもう粘れないなと思っていたら、ひぐらしが無言で立ち上がった。そのままベンチを離れていくので、これは花火が終わるのを待たずに断られるのかと内心がっかりする。

だが、公園を出ていくかと思われたひぐらしが向かったのは鉄棒の前だった。

ひぐらしは鉄棒を摑むと、真剣な顔で地面を蹴った。

タイミングよく花火が上がって、宙高く蹴り出されたひぐらしの爪先が眩しい光に照らされる。

無言で逆上がりをしたひぐらしは、地面には下りず鉄棒の上から僕を見る。

「貴方の言う通り、できないと思っていたことができるようになると、他にもいろいろできるんじゃないかと思えますすね」

鉄棒からベンチまでは少し距離があるので、話しかけてくるひぐらしの声はいつもより大きい。ついでに花火も上がっているものだから、僕も負けじと声を張った。

「例えば？」

「自転車で坂道を下るとか」

「いいね、他には？」

「クロールと平泳ぎだけじゃなくてバタフライもできるかも」

「どうせだったら背泳ぎも教えるよ。四種メドレーやろう」

いくらでもつき合う気でいたら、最後に予想外の言葉が飛んできた。

「それに、知人とお祭りに行くとか」

ひぐらしの背後で大きな花火が上がる。

真っ白な火花が夜空を染めて目が眩《くら》みそうになった。

声を失った僕を見て、「それに」とひぐらしは続ける。

他にも何か、できそうなことがあるのだろうか。

たとえば一緒に夏祭りに行った知人と友人になるとか。友人の次の段階もあるとか。

息を詰めてその先を待ったが、ひぐらしは思い直したように固く唇を引き結んでしまう。

照れ隠しのように目を伏せるその姿を見て、これ以上は望むべくもないと大きな声で返事をした。

「ありがとう！」

花火の声にかき消されないよう張り上げた声が、少し震えてしまったことにひぐらしは気づいただろうか。

ひぐらしは目を上げて、ほんの少しだけ口元を緩ませた。


夏祭りまでの一週間は、以前取り決めた通り、月、水、金曜日にプールでひぐらしと水泳の練習をした。

平泳ぎをマスターするまでにはまだまだ時間がかかりそうだが、それでも成長の兆しはある。ビート板を使って蹴り足の練習をしていたときはなかなか前に進まなかったが、手の動きをつければなんとか前進することがわかっただけでも収穫だ。

プールで泳いでいる最中、僕らは示し合わせたように祭りの話題に触れなかった。

なんとなく、気恥ずかしかったのだと思う。

真夜中のラブレターは読み返せる代物ではないと聞くが、夜というのは思いのほか人の気分を盛り上げるらしい。改めて公園で交わした会話を思い出せば、随分と熱っぽい言葉を口にしてしまった気がして面映ゆかった。

そして迎えた土曜日。

夕方の四時に、僕は待ち合わせ場所である駅前のロータリーに到着した。

改札を出た瞬間、人通りの多さに感嘆の声を上げてしまった。まだ日は高いものの、駅前の大通りに並ぶ縁日は大盛況だ。たくさんの人が肩をぶつけ合うように歩いている。

国営公園で待ち合わせをしたときも凄い人出だと思ったが、今回とは比較にもならない。花火大会と夏祭りが別の日に行われるようになってからというもの、地元の祭りはすっかり廃れたと思い込んで何年も立ち寄ることすらしていなかったが、未だ祭りの賑わいは健在だったようだ。

駅前のロータリーで彼女を待つが、少し離れた場所に立つ人の顔すら判然としないほど人通りが多い。無理やりでも彼女に電話番号を教えておいたのは正解だったと胸を撫で下ろす。

花火大会の日、僕は一方的にひぐらしに携帯の電話番号を教えていた。ひぐらしは「知人の番号なんて知りたくないです」と言い張ったが、万が一会えなくては困るのだ。

彼女は自分の携帯電話を取り出そうともしなかったが、僕には策があった。

「嫌でも覚えてもらう。僕の番号は一度聞いたらそう忘れられない」

相手が身構えるより早く、口早に電話番号を告げる。

０９０の後、数字は二つしか使わない。同じ数字が四つ並び、また同じ数字が四つ並ぶ。これだけだ。覚えようと努力しなくとも、一度聞いたら大体覚える。

耳をふさぐ暇もなかったひぐらしは、「信じられない、そんな簡単な番号が世の中にあるなんて……」と愕然《がくぜん》とした表情を浮かべていた。

万が一番号を忘れてしまったとしても、異なる数字を四回ずつ入力するだけだ。何度かトライすれば僕の電話に繋がってしまうだろう。

ポケットの上から軽く携帯電話を叩き、目の前を通り過ぎていく人の中にひぐらしを探す。

猛暑の中、これほど人で溢れた道を歩くのは辛いだろうに、大通りに向かう人たちは一様に笑顔だ。僕だってそわそわしている。最後に夏祭りに来たのは小学六年生のとき。夏祭りと花火大会が同時に行われていた最後の年だ。

あのときはクラスの友達と一緒だった。縁日では何を買ったのだったか。焼きそばとたこ焼きは買った気がする。リンゴ飴はどうだったろう。チョコバナナは僕ではなく友達が買っていた。綿飴は高いわりに腹に溜まらないので諦めた記憶がある。

楽しかった思い出と今日への期待で足元が落ち着かない。間欠泉のように腹の底から何かが噴き出してきそうになって、強く奥歯を嚙みしめる。

右に左に視線を動かしていたら、人混みの中でもひときわ鮮やかな浴衣姿の女性に目がいった。紫色の浴衣を着て、髪は綺麗に結い上げられている。

ひぐらしはどんな格好で来るだろう。僕は普段通りジーンズにTシャツで来てしまったが、もしかすると浴衣など着てくるのだろうか。

もしも普段と違う格好で現れたら、なんと声をかけるべきか。似合うね、とか、可愛いね、とか言った方がいいのだろう。先週、初めてひぐらしの私服姿を見たときは上手く言葉をかけられなかった。あのときの反省を生かすべく、頭の中であれこれとかける言葉を考える。

まだひぐらしが浴衣で来ると決まったわけではないのにと気づいたのは随分経ってからで、何をやっているのだと自分に呆れた。さすがに浮かれ過ぎだ。

地に足がつかなくなるのも仕方がない。同年代の女子と二人きりで出掛けるのは初めてだ。とりあえず行けばなんとかなると思っていたが、昨日になって、縁日を回るだけではすぐにやることが終わってしまうと気づいてうろたえた。

大通りには何十という縁日が並んでいるが、ざっと見て回るだけなら一時間もかからない。適当に食べるものを買ったら近くの公園に行くか、あるいはファストフード店に入って涼むか。

考えがまとまらず、落ち着かない気分で携帯電話のディスプレイを見る。待ち合わせの時間から、すでに十五分が経過していた。

時間に正確なひぐらしにしては珍しい。普段は僕より先に待ち合わせ場所に来ていることがほとんどなのだが。プールでもそうだし、自転車の練習をしたときもそうだった。唯一逆上がりの練習をしたときは僕の方が先だったが、あのときも五分以上は待たされなかった。

何かあったのかと心配になったが、小さな不安は直後芽生えた期待に押し退《の》けられる。逆上がりの練習をしたとき、ひぐらしは洋服を選ぶのに時間がかかって遅れたと言っていた。だとしたら今回は、浴衣を着るのに手間取って遅れているのかもしれない。

たちまち手元が落ち着かなくなって、右手から左手へ意味もなく携帯電話を移動させる。浴衣姿のひぐらしを前にしてもすぐに褒め言葉を口にできるよう、心の準備をしておいた方がよさそうだ。

そうやって、最初の二十分はそわそわとひぐらしを待った。

しかし三十分を過ぎる頃になるとさすがに不安が色濃くなる。

これだけの人混みだ。ひぐらしはもうとっくに待ち合わせ場所に来ていて、僕を捜しているのではないか。辺りをうろうろと歩き回ってみたが、ひぐらしの姿は見つけられない。

いよいよ待ち合わせから一時間が過ぎて、僕は何度も携帯電話を確認する。ひぐらしには番号を教えてあるし、何かあったら連絡が入るはずなのだが。

なぜ連絡がこないのだろう。携帯電話でも忘れたのか。だとしても、駅には公衆電話がある。僕の番号は忘れようにも忘れられない簡単な並びだ。不測の事態でこの場に来られなくなったとしても、連絡のひとつくらいありそうなものではないか。

日射しが傾いてくるにつれ、僕の顔からは浮かれた表情が拭《ぬぐ》い去られ、代わりに焦燥の影が濃くなっていく。

すでに約束の時間から二時間が過ぎた。それでも目の前を行き過ぎる人の波は絶えない。縁日の屋台の上に並んだ裸電球に明かりが灯り、街は一層活気づく。

僕だけが、取り残されたようにロータリーで立ちすくんでいる。握りしめた携帯電話は汗で滑って、何度もアスファルトに落としそうになった。

今になって、この一週間一度も夏祭りの約束について触れなかったことを悔やんだ。まさか約束自体忘れているわけはないだろうが、待ち合わせ時間を互いに勘違いしている可能性はある。

もしかすると、僕が実際の待ち合わせ時間より早くここについてしまったのかもしれない。そう思うとこの場を離れることもままならなくなり、暗くなっていく空をなす術もなく見上げることしかできなかった。

結局、駅前の人通りが少なくなって、縁日の屋台が明かりを落とし始めるまで、僕は馬鹿みたいにひぐらしを待ち続けた。最後はすっかりくたびれて立っていることもできず、駅の壁に背中を預けてしゃがみ込む。

携帯電話には、一度もひぐらしからの着信がなかった。

溜息も出ない。最初から来るつもりなどなかったのだろうか。ひぐらしには、知人以上の存在など必要なかったのか。

僕が知人以上を望んでしまったから、昨日を最後に存在ごとなかったことにされるのかもしれない。

自分の体温が移って温《ぬる》くなってしまった携帯を額に押しつける。こんな結末になるのなら余計なことなど言わなければよかった。

閑散とした駅前で、僕は力なく項垂《うなだ》れる。

夜になっても夏の空気はじっとりと重く、背中からのしかかってくるようなそれに押し潰《つぶ》されて、しばらくはその場から立ち上がることもできなかった。

夏祭りから二日経った月曜日、僕は陰鬱な気分で市民プールへやってきた。

きっとひぐらしはもうプールに来ない。僕とは二度と顔を合わせないつもりで夏祭りの約束をすっぽかしたはずなのだから。

そうと知りつつプールまで来てしまった自分を愚かしく思った。わざわざ落ち込みに来たようなものだ。

更衣室でのろのろと水着に着替え、狭い通路を歩いてシャワーを浴びる。プールサイドに出ると、湿っぽく温かい空気が全身を包んだ。嗅ぎ慣れた塩素の匂いと、弾けるように笑う子供たちの声。

　期待もせずにプールを眺めた。自由コースでは今日も子供たちがばちゃばちゃと水を跳ね上げている。と思ったら一斉に水に潜って静かになった。誰が一番長く水の中にいられるか競争しているようだ。

　その横を、クロールで通り過ぎる人がいる。水を搔く腕の動きはゆっくりしているが、肩を大きく回し、指先から着水する動きは教本のように基本に忠実だ。もっと腕の回転を速くしたらスピードも上がるだろう。

　二十五メートルを滑らかに泳ぎ切ったその人は、壁際に到着するとゆったりとその場に足をつく。

　黒い水泳帽に、背中の開いた競泳水着。

　振り返った顔を見て息を吞む。ひぐらしだった。

　僕はプールサイドを走りそうになって、鋭くこちらを睨んだ監視員に気づき慌てて歩調を緩めた。ひぐらしは再びプールの壁を蹴ろうとしていて、慌てて僕も水へ飛び込んだ。プールサイドで大きな水飛沫が上がって、遊んでいた子供たちがこちらを見る。ひぐらしも僕に気づいた。

　ひぐらしは近づいてくる僕を見ても逃げることなく、いつものように会釈をした。

もう会えないと思っていただけに驚いた。ひぐらしの傍らまで歩いていったもののかける言葉が見つからない。黙り込めば、ひぐらしが不思議そうな顔でゴーグルを上げた。

「どうしました？」

尋ねられ、僕は何度も目を瞬かせる。

約束をすっぽかしたのはひぐらしなのに、こんなにも普段と変わらない声と表情で尋ねられるとなんと答えればいいかわからない。僕は口元を手で覆い、くぐもった声で返事をした。

「……クロールで泳いでる姿を見たとき、ひぐらしじゃない人かと思ってて」

だって君はもうここに来ないと思ってたんだ、と続けようとしたのに、予想外にひぐらしが嬉しそうな顔をしたので声を呑んだ。

「少しは泳ぎ方がましになってきましたか？」

「いや、ましというか……ちゃんとしてたよ。綺麗なフォームだった」

「本当ですか。まだゆっくりとしか泳げないんですが」

「それは、腕の回転を速くすれば……」

夏祭りの話をしたいのに、熱心に泳ぎ方を尋ねられて上手くいかない。

これまでとまるで変わらないひぐらしの態度を見ていると、プールに入るまで自分がどんな感情を抱えていたのかわからなくなる。

約束を反故《ほご》にしたひぐらしへの不満や、もう二度と会えないだろうことに対する淋しさや、胸をふさいでいた気持ちがたくさんあったはずなのに、今や水に溶けて流れて形がない。

呆然として、問われるままひぐらしの質問に答えた。腕の回し方、水の蹴り方。口にしたいのはこんなことではないのに、息継ぎのときの目線、水の中での息の吐き方、そんなことしか言えない。

他にどうすることもできず、普段通り泳ぎ方を教えた。

ひぐらしはもう安定してクロールで二十五メートルを泳げるようになったし、スピードも出てきた。平泳ぎはようやく二十五メートルの半分を泳げるようになったくらいだが、コツさえ覚えてしまえば完泳するのもすぐだろう。

二時間ほど泳いで、プールサイドでいつものように別れを告げた。ひぐらしに続き、僕も更衣室に向かって服に着替える。

普段ならそのまま帰るのだが、今日はロビーで彼女を待った。

二十分ほどすると、女子更衣室の方からひぐらしがやってきた。僕がロビーにいるとは予想していなかったようで、驚いた顔で近づいてくる。

「どうしました、具合でも悪いんですか？」

俯いてソファーに腰かけていた僕に、ひぐらしは開口一番そう言った。「今日は泳いでいるときも顔色が悪かったようですが」と心配顔でつけ加える。

思いがけず体を労《いた》わられ、混乱は弥増《いやま》すばかりだ。

隣に座るようひぐらしに促し、困惑の眼差しを彼女に向ける。しかしどれだけ待っても、土曜日に待ち合わせ場所に現れなかったことに対する弁解はない。約束をすっぽかしたというのに、気まずそうな表情すら見せない。

悩んだ末、溜息交じりに僕から尋ねた。

「土曜日、どうして来なかったの？」

気遣わし気に僕の顔を覗き込んでいたひぐらしが、小さくひとつ瞬きをした。表情はほとんど変わらない。尋ね返すようにもう一度瞬きをする。

その顔を見て、ようやく僕も理解した。

「もしかして、約束自体なかったことになった？」

ひぐらしは何も言わない。ただ瞬きの速度が速くなる。これは無言の肯定だろうか。

ひぐらしの表情を眺め、そっか、と僕は力なく呟いた。

「でも、存在自体をなかったことにされなかっただけ、ましなのかな」

浅野のように『知らない人』にはされなかったのだ。温情が下されたととるべきなのかもしれない。これに懲りたらもう二度と馬鹿な誘いはかけるなと、ひぐらしは遠回しに警告してきたのだ。それなのに蒸し返すようなことを言ってしまって失敗した。

「なんでもない、今のは聞かなかったことにして」

口早に言って立ち上がったら、後ろからシャツの裾を引っ張られた。振り返れば、ひぐらしが当惑した顔で僕を見上げている。

「待ってください、約束ってなんですか？」

ロビーに響いた声は切迫していた。僕のシャツを掴む指先は力を入れ過ぎて白くなっており、見上げる瞳も真剣だ。

どうして今更そんな顔をするのだろう。不思議に思いつつ、立ったままひぐらしを振り返る。

「夏祭り、土曜日に一緒に行くって約束したよね？」

ひぐらしが息を呑んだのがわかった。見る間に表情が張り詰める。

その顔を見て、初めて僕は異変に気がついた。これは尋常でない反応だ。しかし何が起こっているのかはわからない。立ち尽くす僕に、ひぐらしは震える声で尋ねた。

「その約束、いつ……」

「逆上がりの練習をした日だよ。そのとき僕の携帯の番号も教えたはずだけど」

ひぐらしは忙しなく瞳を揺らし、小さく頷く。

「番号は覚えてます。凄く覚えやすかったから。でも、夏祭り……？」

「夏祭りは人出が多いから、万が一待ち合わせ場所で会えなかったときのために教えたんじゃないか」

どうにも話が嚙み合わない。僕の電話番号は覚えているのに、その直前に交わした約束は記憶にないような顔をしている。

そんなまさかと笑い飛ばそうとしてやめたのは、ひぐらしの頰がみるみるうちに青ざめていったからだ。

「……ひぐらし？」

呼びかけると、ひぐらしは弾かれたように顔を上げた。唇まで真っ青だ。僕のシャツを摑んでいた手を離し、物も言わずに立ち上がるとロビーを駆け抜ける。

呼び止める暇もなかった。呆然とその後ろ姿を見送ってから、我に返って僕も外に出る。

ひぐらしの反応から、何か予期せぬことが起きていることは伝わってきた。それがどんな類のものかは見当もつかないが、何か起こっている。ひぐらしが声を失うほどの何かが。

外に出たひぐらしは、ロビーの出口から数十メートル離れたところにあるバス停にいた。停留所にはすでにバスが来ていて、ひぐらしがステップを駆け上がる。後続の乗客はいない。

僕が走り出すと同時にバスのドアが閉まった。とっさに駐輪場へ足を向けたが、自転車の鍵はプールバッグの中、そしてバッグはロビーに置き去りのままだ。

走ってバスに追いつけるわけもなく、遠ざかっていく車体を呆然と見送ることしかできない。

立ち竦む僕の背後では、耳鳴りにも似たセミの鳴き声が響き渡っていた。


その日を境に、ひぐらしはプールに姿を現さなくなった。

僕は連日プールに通い詰めたがひぐらしは来ない。携帯電話も肌身離さず持ち歩いたが、こちらに連絡が来ることもなかった。

こうなるともうお手上げだ。こちらからひぐらしに連絡を取る手段がない。彼女に関する個人情報が皆無である事実に否応もなく直面させられた。

唯一手掛かりとなりそうなのはひぐらしが着ていた制服だが、なんの変哲もないセーラー服から学校名を突き止めることは難しそうだ。ひぐらしは校章もつけていなかったし、ワイシャツにはワンポイントのようなものもなかった。近所の高校を片っ端から当たってみるという手もあったが、ひぐらしの高校がこの近隣にあるとも限らない。

八方ふさがりのまま時間だけが過ぎる。

そんな中、八月半ばに再び学校へ行くことになった。文化祭準備の続きだ。

約二週間ぶりに教室に入ると、真っ先に浅野の姿が目に飛び込んできた。

クラスの女子と話し込んでいる浅野のもとに脇目もふらず近づいた僕は、余計な前置き抜きで尋ねた。

「ひぐらしの正体を教えてくれ」

それまで楽しそうにお喋りしていた女子たちの声が途切れる。

浅野はぽかんとした顔で僕を見る。周囲の女子も同様だ。「セミの話？」と声をかけてくる者もいたが僕は答えない。浅野だけが何か察したような顔で頷いてくれた。

込み入った話になりそうだったので、ひとまず僕らは文化祭の準備を進めた。僕はウェイター役になったので事前に準備することは少ない。他の生徒と店内の装飾準備を手伝う。浅野は調理係のようだ。当日のメニューなどを決めている。

気もそぞろで仕事を終え、皆が三々五々教室を出始める頃、浅野が女子の輪から離れて僕のもとへやって来た。

場所は特に決めていなかったのだが、示し合わせたように二人して廊下を歩き、自分たちの教室から遠く離れた別の教室へ入った。夏休み中なので当然教室は空っぽで、浅野は適当に窓辺の席に腰を下ろす。後から教室に入ってきた僕を見上げ、で？　と細い眉を吊り上げた。

「ひぐらしってエリのことだよね。せっかく忠告してあげたのに、エリと仲良くなっちゃった？」

僕は浅野の隣の席に腰かけ、力なく頷いた。

そんな僕から顔を背け、浅野は呆れたような溜息をつく。

「そもそもあんた、どうやってエリと知り合ったの？」

「……プールで会ってたんだ。夏休みに入ってから、ずっとクロールと平泳ぎを彼女に教えてた。でも、今週に入ってからぱったり姿を見せなくなって……」

「そういえばあんた水泳部だっけ？　何、まさかプールでエリのことナンパした？」

「いや、先に声をかけてきたのは彼女だから、ナンパされたのは僕の方かもしれない」

　何それ、と笑われたが、僕は真顔で続ける。

「僕は彼女の名前も連絡先も知らない。もしも浅野が彼女のことを知ってるなら教えてほしいんだ。会いたくないなら会いたくないで、彼女の口からそう聞きたい」

　我ながら必死な声だと思った。でもひぐらしに会えなくなってからそろそろ一週間が経つ。夏休みも残り半分を切った。学校が始まってしまえば彼女を捜す手立ても、彼女自身の痕跡すら消えてしまいそうで怖かった。

　浅野は机に肘をつくと、無言で僕の顔を見た。光に透ける茶色い睫毛を上下させ、猫のように目を細める。

「ほら、だから言ったじゃん。あたしとおんなじ目に遭ってる」

　少しだけ意地悪な顔で笑う浅野に何も言い返せない。ひぐらしとは親しくならない方がいいという忠告を無視した上に、最後は浅野と同じようにばっさり切り捨てられてしまったのだから。

　黙って俯くと、柔らかな風が吹いた。甘いリンゴの香りが混ざるそれは浅野の溜息だ。

　浅野は肘をついたまま、窓の外へと視線を投げた。

「エリとは保育園が一緒だったの。小学校も。あたしもエリも親が共働きだったからさ、ふたりで一緒に遊ぶこと多かったよ」

　エリというのはひぐらしの本名だろう。教えてくれるのかと僕は身を乗り出す。

「小学生のときは同じそろばん教室に通ってたな。他の子たちはピアノとか英会話とか習ってんのに今時そろばんなんて、うちの親どうかしてるよね。エリが一緒にやるって言ってくれなかったら、多分続けられなかった」

　浅野の話を聞きながら、ひぐらしがときどき指先で宙を弾く仕草をしていたことを思い出す。このご時世にそろばんなんて珍しいとは僕も思った。

　火傷の痕に、そろばんの仕草。最早人違いとは考えにくい。やはりひぐらしは浅野の友人なのだ。

　光明が見えたと思ったのも束の間、浅野は窓の外を見たまま言い捨てる。

「でもエリは小学校を卒業すると同時に引っ越しちゃって、今どこに住んでるのかは知らない」

　落胆で肩が下がる。でも期待は捨てきれない。少なくとも、浅野は僕よりずっとひぐらしのことを知っている。

「新しい住所とか教えてもらってないの？　せめて最寄り駅とか……」

「教えてくれるわけないよ。あの子、あたしのこと知らない人って言ったんでしょ？」

投げやりに言われてしまえば返す言葉もない。確かにひぐらしは浅野のことを知らない人だと言っていた。もう友人ですらないということか。

「なんで……そんなことに？　彼女が引っ越す前に喧嘩でもした？」

「喧嘩じゃない。あたしが全部悪いから」

浅野は窓の外を見たまま、声のトーンを一段低くした。

「エリの火傷、あたしのせいなんだ」

背筋をつぅっと汗が伝い落ちた。窓を閉め切った教室は蒸し暑い。

浅野も掌で首筋を扇《あお》ぎ、「窓開けよっか」と椅子を立つ。僕もそれに倣った。話の続きを急かすことはできない。無理やり聞き出していい話ではないと思った。椅子に戻り、浅野が続きを話してくれるのをじっと待つ。

散々に言い淀まれることも覚悟していたが、意外にも浅野は淡々とした口調で当時の状況を語ってくれた。

「エリが引っ越すまでは結構仲良かったからさ、夏休みなんかもよく一緒に遊んでたんだよね。駅前の夏祭りも一緒に行ったよ。最後に行ったのは六年生のとき」

六年前の夏、浅野とひぐらしは駅前で催される夏祭りに行った。先日、僕とひぐらしが約束をして、でも行けなかったあの夏祭りだ。

二人は大通りの両端にずらりと並ぶ屋台を冷やかし、頭上で揺れる提灯と裸電球を見上げ、着慣れない浴衣の裾を翻しながらはしゃいで大通りを行き来したらしい。

次第に辺りは暗くなり、人の喧騒も大きくなる。夜になるほど縁日の光は艶《なま》めかしく輝きだしたが、当時のふたりは小学生だ。まだまだ祭りに未練はあったが、後ろ髪を引かれる思いで家に帰ることになった。

「最後にリンゴ飴買って帰ろうって話になったの。あたしがどうしても食べたいって言って。それで屋台に近づいたら、隣の焼きそば屋のガスボンベが爆発した」

あっ、と僕は声を上げる。

小学六年生の夏祭り。あの年は、夏祭りと花火大会が同じ日に行われた最後の年だ。事故のことなら地元民は皆知っている。

「あの現場に、浅野たちはいたの?」

僕はその場にこそいなかったが、駅の近くの公園にいて、遠くからパトカーや救急車のサイレンが集まってくる音は聞いている。後日ニュースで事故現場を見たが、地面に黒く焦げたような跡が残っていてかなり大きな爆発だったことは窺い知れた。

「リンゴ飴の屋台を覗いてたあたしの後ろにエリはいて、爆風をもろに食らって右手と顔を火傷したの。地面に倒れ込んで、多分気を失ってたんだと思う。それがエリを見た最後」

浅野はそこでいったん話を切って、口の中で何かを転がすような仕草をした。飴かと思ったがそうではない。何か言いにくい言葉を転がしているようだ。

黙って待っていると、浅野がまた甘い匂いのする溜息をついた。

「本当はさ……エリ、もっと早くに帰る予定だったの。それをあたしが引き留めて、それで事故に巻き込まれた。あたしが最後に屋台に寄ろうなんて言わなければあんなことにはならなかったのに。だからきっと、あたしのこと恨んでる」

「まさか」

とっさに否定したのは、ひぐらしがそんなふうに負の感情を抱え込むタイプには見えなかったからだ。

浅野は横目で僕を睨むと、「恨んでるよ」と繰り返す。

「だって何度もお見舞いに行ったのに一度も会ってくれなかった。おじさんやおばさんは『大丈夫だ』って言ってくれたのに、エリは絶対家から出てきてくれなかったんだよ？あたしの顔も見たくないってことでしょ。学校も一度も来ないまま卒業して、卒業式の後にエリの家に行ったときはもう引っ越してた。あたしにはなんの連絡もなかった」

言葉が進むにつれ、浅野の声が上擦り始める。

「この前は、知らない人みたいな顔されたし」

最後は隠しようもなく震えた声で呟いて、浅野は再び窓へと顔を向けた。頬杖をついて口元を隠し、くぐもった声で「あたしは覚えてるのに」と言い添える。

浅野が目の周りを赤くしていることに気づいて、僕も窓の外へ視線を向けた。

教室の窓からはグラウンドが見える。そこに散らばる運動部員たちの姿を見るともなしに眺め、ひぐらしの本心に思いを馳せる。彼女は本当に、火傷の件で浅野を恨んでいるのだろうか。

保育園からつき合いがあった友人とそんな別れ方をしたら浅野が気に病むのも当然だが、ひぐらしはそれほど火傷の痕を気にしていなかった。痕を隠すような素振りを見せたことすらない。火傷ができた理由について僕に訊かれたときも平然としていたはずだ。それに。

「彼女、火傷の理由を君のせいだとは言わなかったよ」

そう伝えると、浅野が驚いた顔でこちらを向いた。

「じゃあ、他にどんな理由で火傷したって言ったの？」

「いや、それが……」

当時の会話を思い返して口ごもる。あのとき僕らは、六年前の夏祭りで起きた爆発事故の話をしていた。まさにひぐらしが火傷をしたときの話題だ。にもかかわらず、ひぐらしは火傷の理由をこう述べた。

「わからないって、言われた」

浅野が眉間にしわを寄せる。どういう意味だと問い詰められ、僕も首を傾《かし》げざるを得なかった。

「火傷をした理由はわからないって言ってた。何かごまかしてるっていうより、本当にわかってないような顔してたから僕も不思議だったんだけど」

「わかんないって……。火傷の痕でしょ？　気がつかないうちにぶつけてできた痣《あざ》でもあるまいし。あんたそれ絶対ごまかされてるよ。……でも、なんでそんなこと隠すんだろう？」

「いや、本当に隠してる感じじゃなかったんだ。本人も忘れてるみたいな……」

「だから、そんなこと忘れるはず――」

言いかけて、浅野がふと言葉を切った。急に真剣な顔になったと思ったら視線を下げ、独白めいた口調で呟く。

「まさか、本当にまた忘れちゃったとか……？」

「また？」

下がっていた浅野の視線が跳ねる。『もしかしたら』と『ありえない』を行き来するように瞳が揺れて、僕はその視線を捕まえるべく、椅子を引きずって浅野に近づいた。

「教えて、なんでもいいから。彼女のことが知りたいんだ」

浅野の目が僕を捉えた。しばらくは逡巡するように瞬きをしていたが、何か思い定めたのかまっすぐに僕を見る。

「エリね、保育園のとき、記憶喪失になったことがあるんだ」

「記憶喪失？」

「うん、確か、年長の頃」

保育園で一番仲のよかったひぐらしが、ある日突然園に来なくなった。

そのまま卒園式を迎え、久々に再会したのは小学校の入学式だ。浅野は真っ先にひぐらしのもとへ駆け寄ったが、ひぐらしはまるで初対面の相手と会ったときのように両親の後ろに隠れてしまったのだという。

驚きを隠せない浅野に、ひぐらしの両親は言った。『ごめんね、この子長いことお熱を出して、それでいろいろ忘れちゃったみたいなの』と。

「子供の頃は、そんなこともあるのかなって思ってたけど、今思うとあれって記憶喪失だったと思うんだよね。だって熱が出て記憶が飛ぶとかなくない？」

「本当に保育園に通っていた頃の記憶はなかったの？」

「うん。他にも同じ保育園に通ってた子たちがいたんだけど、その子たちのことも全員忘れてたみたい。でも性格は前のままだったな。だからまたすぐ友達になった」

「じゃあまさか、ひぐらしは小学校を卒業した後、また記憶喪失になったとか？」

だとしたら様々なことに合点がいく。ひぐらしが浅野のことを知らないと言ったのも、火傷がどうしてできたのか答えられなかったのも、小学生の頃爆発的に流行ったアニメの主題歌を知らなかったのも、全部説明はつく。

でも、と僕は顔をしかめた。

「人生で二回も記憶喪失になったりするかな……」

その一点だけが気になった。浅野も同じことを考えていたようで、だよね、と肩を落とす。

「そんなに都合よく記憶を失うわけないよね。やっぱりエリはあたしのこと恨んでて、あたしの存在を丸ごとなかったことにしただけだと思う」

「いや、でも、本当に浅野を恨んでて他人の振りをしただけだったら、他のことまで忘れた振りをする意味はないと思う」

ひぐらしが浅野のこと以外にも、僕たちの同年代なら知っていそうなことを知らなかったことを伝えると、浅野も少し表情を改めた。

「もしかして彼女は、記憶を失いやすい体質とか？」

「あり得ないでしょ」

浅野は言下に否定する。僕だって半分冗談で言ったようなものだが、他に思い当たる節もない。

「周期的に記憶喪失になるとか」

「だから、ないってそんなの」

「いや、わからないよ。小学校に入る前に一回記憶喪失になって、次は中学校に入る前。彼女は記憶喪失になったからわざわざ引っ越して、自分を知らない人たちしかいない中学に入学したのかも」

「……まさか」

浅野の声から勢いが消えた。冗談にしてはつじつまが合ってしまい、調子に乗って僕は続ける。

「小学校に入る前ってことは、彼女は六歳。次に記憶を失ったのは中学に入る前だから十二歳。ほら、ちょうど六年周期で――」

六年。

口にした瞬間、いつか聞いたひぐらしの言葉を思い出した。

『私は六年』

声が生々しく耳の奥で蘇り、僕はぴたりと口を閉ざす。

あれはなんの話をしていたときだったか。公園で、セミの生態について喋っていたときか。セミが土の中に潜っている期間は諸説ある。そんな話をした後にひぐらしが言ったのだ。私は六年と。

まさか、あの言葉には何か意味があったのか。

僕は額に手を当てて考え込む。浅野も何事かと身を乗り出してきた。

「何、どうしたの急に」

「ちょっと待って、詩を思い出してる」

「詩？　なんなのマジで」

訝る浅野を後目《しりめ》に僕が思い出そうとしていたのは、あのときひぐらしが口にした詩だ。小学生が書いた詩だと言っていた。

頭の中にセミがいて、鳴いて、落ちて、本人も眠って、夏の終わりまで目覚めない。

抽象的過ぎて理解できないと思った。でもあれは、ひぐらし自身のことだったのではないか。

僕は勢いよく顔を上げると浅野に詰め寄る。

「保育園のとき、彼女が園に来なくなったのってどの季節だった？」

浅野はさすがに気味悪そうな顔をしながら、指先に髪を巻きつける。

「そんな昔のこと覚えてるわけないし……」

「夏じゃなかった？」

「えー……、あ、そうか、そうだわ。夏だった」

指に巻きつけた髪をほどき、浅野は大きく頷く。

「うちの保育園、毎年夏にお祭りやってたんだよね。お祭りって言っても、浴衣着て園庭で盆踊りするだけなんだけど、当日エリが来なくてがっかりしたの覚えてる。どんな柄の浴衣で来るか凄く楽しみにしてたから。そのあとは一度も保育園に来なかったんじゃないかな」

「小学生の時も、縁日の事故に巻き込まれたあとはずっと学校に来なかったんだよね？　どっちも夏だ」

「まあ確かに、そうだけど……」

「他に何か覚えてることない？　彼女が保育園とか学校に来なくなる前のことで」

最初こそ真面目に取り合おうとしなかった浅野だが、少しだけ表情に真剣味が出てきた。腕を組み、当時のことを思い出そうと低く唸《うな》る。

「保育園の頃のことはさすがに覚えてないけど……小学校のときは、なんとなく忘れっぽくなってたような気はする。普段は滅多に忘れ物とかしない子だったのに、夏休み前は忘れ物が増えて、休み前だからって浮かれてるなよって先生に注意されてた。夏祭りに行くのだって、前日に確認したら『そうだったっけ？』とか言われたし」

「僕も先週、夏祭りに行く約束をすっぽかされた」

待ちきれず、浅野の言葉に割り込んだ。

「その後、どうして待ち合わせ場所に来なかったのか尋ねてみたけど、約束したこと自体忘れたような顔をしてた」

僕の剣幕に呑まれたように、浅野が体を後ろに引く。

「ちょっと待ってよ、本気でエリが六年ごとに記憶喪失になるとか思ってんの？」

「そうだとしたら、彼女はまた近いうちに記憶を失うかもしれない。小学校を卒業してから今年で六年だ」

浅野は小さく口を開いて、何も言わずに閉じる。口元が不自然に歪んだのは、まさか、と笑い飛ばそうとしたからかもしれないが、上手く笑えなかったようだ。

僕だって半信半疑だ。でもあり得ない話じゃない。

「ひぐらしが、詩を教えてくれたんだ。細かいところはよく覚えてないけど、出だしは覚えてる。『私の中にはセミがいて、六年ごとに目を覚ます』って」

符牒が合い過ぎてはいないだろうか。

ひぐらしは六年ごとに記憶を失う。季節は決まって夏だ。その症状をセミになぞらえた。六年間、土の中で沈黙していたセミが地上に出てくる。そして再び地に落ちるとき、ひぐらしはそれまでの記憶を喪失する。

そんな病気は聞いたことがないけれど、絶対ないとも言い切れない。この世界には、広く世に認知されていない難病が幾つもある。

浅野はしばらく「まさか」とか「さすがにそれは」とか呟いていたが、どんどんその声は小さくなって、最後は机に視線を落とした。

誰が使っているのかもわからない机には様々な傷や汚れがある。それらをひとつひとつ丁寧に目で追って、浅野は微かな溜息をついた。

「……じゃあ本当に、エリはまたあたしのこと忘れちゃったのかもしれないのか」

「まだ可能性の話だけど」

「でも、そっちの方がマシかなぁ。嫌われて忘れた振りとかされるより」

机の端についたひときわ大きなへこみを撫でる浅野の声は淡々として、僕の言葉をどの程度信じているのか今ひとつ判断しづらい。

「で、あんたはどうすんの」

前置きもなく尋ねられ、僕は撓《たわ》んでいた背を伸ばした。

「どうって？」

「エリが本当にそんな病気だったとしたら、どうすんの？」

突然の質問にすぐ答えられなかった。

本当にひぐらしが記憶を失ってしまう病を患っていたとしたら、僕は一体どうするのか。何ができるのか。

病の可能性に気づいたのも今し方のことなのだ。わかるわけがない。ただ頭に浮かぶのは、ひぐらしにもう一度会いたいという願いだけだった。

僕の顔を見た浅野は、こちらの胸の内を大体察したようだ。椅子から立ち上がり、気だるげに髪を掻き上げる。

「もしも本当にそんな病気にかかってるなら、もうエリには関わらない方がいいよ」

僕はまだ椅子から立ち上がれず浅野を見上げる。かつて友人だった相手に対して随分と冷淡な言い草だと思ったが、こちらを見下ろす浅野の表情は思いがけず寂莫《せきばく》としたものだった。

「楽しかった思い出も大事な約束も、全部忘れられるのって思ってるよりきついよ。私はもう、謝らせてももらえない」

そう言い残して教室を出ていく。浅野はまだ、ひぐらしに火傷を負わせてしまったことを悔やんでいるのだろう。

当時も何度も謝りに行ったに違いない。でもひぐらしは浅野と顔を合わせることなく姿を消した。その上数年ぶりに再会したと思ったら、今度は他人のような顔をする。

想像しただけで寒々とした気分になった。

けれどひぐらしが本当に記憶を失う病気を患っているとしたら、それは浅野だけでなく、ひぐらしに関わる人間すべてに起こり得ることなのだ。良きにつけ悪しきにつけ、相手と思い出を共有することができない。

謝らせてももらえない、という浅野の言葉が重く背中にのしかかる。

僕ひとりしかいない室内には、浅野の存在を色濃く示すリンゴの匂いがいつまでも残って消えなかった。


浅野と話をした翌日も、僕は朝から市民プールへ向かった。

もしかしたらひぐらしがまたここに来てくれるかもしれないという可能性にすがりついた。他に彼女を探す術もない。僕はひぐらしのことを何も知らないのだから。

連日、開館の十分前にはロビーの入り口に立った。一応水泳バッグは持参しているもののプールには入らず、ロビーのソファーに座って一日中ひぐらしを待つ。夜の九時に閉館すると、外に出て三十分ほど時間を潰してから家に帰った。

幸い夏休み中だ。時間は腐るほどある。休みの間にこなさなければいけない課題は全て後回しになった。そうでなくとも、夏休みの課題は休みのラスト一週間で終わらせるのが恒例だ。

一日中ロビーに座り込んでいる僕をプールの職員は不思議そうに見ていたが、短期間でもここでアルバイトをしていたおかげでこちらの素性は知っている。特に声をかけることもなく放っておいてくれた。

ひぐらしを待ちながら、一日、二日と日が過ぎる。

朝の九時から夜の九時まで、半日以上何することなくここで過ごしてもひぐらしと会える確証はない。非効率で馬鹿らしいことをしている自覚はあったが他に手もない。このまひぐらしを諦めるつもりはもっとなかった。

ひぐらしを待ち始めて四日目。

今日も取り立てて収穫はなく、僕は閉館時間の迫るロビーからとぼとぼと外へ出る。背後で自動扉が閉まる音を聞きながら、数段しかない石階段をゆっくりと下りた。

一日中冷房の利いたロビーで座っていただけなのに凄まじい疲弊感だ。去年の夏、部活の合宿で一日中がむしゃらに泳いでいた頃よりずっと疲れた。

すぐには自転車に乗って帰る気力もなく、短い階段の途中で座り込む。

見上げた空には分厚い雲が広がっていた。風も湿り気を帯びて、今にも雨が降り出しそうだ。

星の見えない空を眺め、明日から少し泳ごうかな、と思う。

じっとしているよりは体を動かしていた方がまだ時間の経過も短く感じる。何より一日中座っていると腰や背中が痛くなってしまっていけない。

泳ごう、と今度は口に出して言ってみる。そうすることで何かが変わると思いたかった。願掛けをしてもいい。自己ベストを更新できたらひぐらしに会える。そう思えば去年の合宿より真面目に泳げるような気すらした。

よし、と自分に活を入れて立ち上がろうとしたとき、ジーンズのポケットで携帯電話が震えた。電話の着信だ。親からだろうか。両親は割合放任主義なので、行先さえ告げておけば多少帰りが遅くなっても小言は言わないのだが。

取り出した携帯電話のディスプレイには、『公衆電話』の文字が表示されていた。

心臓がどくんとひとつ脈打つ。

公衆電話から連絡が来ることなど滅多にない。慌てて画面をタップして耳に当てる。もしもし、と声をかけてみたが相手からの返答はなかった。電波が悪いのかと思ったが、耳を澄ませば電話の向こうから微かな息遣いが伝わってくる。

呼吸音だけでは相手の性別も年齢もわからない。

わからないから期待した。一縷《いちる》の望みをかけ、小さな声で呼びかける。

「……ひぐらし？」

返事はない。けれどまだ電話は繋がっている。

言葉を間違えれば、一方的に切られてしまうかもしれない。ごくりと喉を鳴らし、できるだけ普段と変わらぬ口調を心掛けて続けた。

「この電話番号にかけてきたってことは、まだ僕のこと覚えてるの？」

相手は相変わらず無言だ。いつ通話が切れてしまうかと思うと気が気でなくて、思い切って核心に触れた。

「六年ごとに記憶を失う病気とか、あり得る？」

電話越しに息を呑む気配がした。

ひぐらしだ。とっさに階段から立ち上がる。

「浅野と話した。君は小学生のときも記憶喪失になったんだろう？　保育園のときも。ちょうど六年間隔だ。君は六年ごとに記憶を失う、合ってる？」

返事の代わりに、ビーッと低い音がした。通話の終了時間が近いことを告げる音か。電話が切れてしまう前に口早にまくしたてる。

「待ってるよ、君が僕を忘れても、ここでずっと待ってる！」

言い終えると同時に電話が切れた。ひぐらしが受話器を置いたのか、それとも通話時間が終わってしまったのかはわからない。

画面から明かりが消えた携帯電話を見下ろし、もう一度階段に腰を下ろす。ここで待ってると言ったはいいものの、ここがどこなのか伝えるのを忘れた。何をしているのだと頭を抱える。

せっかくひぐらしから連絡をくれたのに。いや、電話の相手がひぐらしだという証拠はないのだが、でもなんとなくひぐらしではないかと思った。予感というより確信に近い。

千載一遇のチャンスをふいにして、階段に腰かけたまま深く項垂れる。そうしているうちにロビーの灯りが消えて辺りが暗くなった。

脱力して、どれくらいの時間座り込んでいただろう。

気がつくと、いつの間にか雨が降り出していた。

雨脚は見る間に強くなり、階段の中ほどにいた僕はのろのろと一番上まで移動した。ここなら建物の庇《ひさし》で雨を避けられる。

呆然と雨の帳《とばり》を眺めていたら、結構な土砂降りになってきてしまった。しばらく雨宿りをしていった方がよさそうだ。

ざぁざぁと一定のリズムで雨は降り続ける。直接雨に触れているわけでもないのに、こうしているだけでじっとりと服が濡れていくようだ。

湿った夜気を胸一杯に吸い込む。ひぐらしと会えない焦りや、電話口で居場所を伝えられなかった後悔ごと夜に吐き出すように息を吐く。疲労感がべったりとこびりついた溜息は、雨音が柔らかく吸い込んでくれた。

夕暮れに降る雨とは違い、夜に降る雨は静かだ。

こんなに激しく地面を叩いているのに、どこか静謐《せいひつ》さが漂っている。余計な音が聞こえないせいだろうか。夜の雨には、忙しなく走り去る車の音も、子供たちの悲鳴に似た歓声も、セミたちの声も重ならない。

思えば初めてひぐらしと話をしたのもこんな雨の中だった。停留所の屋根の下、白々とした蛍光灯の光を受けるひぐらしの頬はやたらと白く、羽化したばかりのセミのようだったのを思い出す。

ぼんやりとあの日のことを思い返していたら、どこかでバシャバシャと水を蹴る音がした。この雨の中、誰かが外を歩いているらしい。

施設の職員だろうか。閉館時間を過ぎてもこんな場所にいたらさすがに注意されそうだ。立ち上がろうとして、足音が近づいてくることに気がついた。

闇の中に目を凝らすと、誰かがこちらに駆けてくる。

白いブラウスに、黒っぽいスカート。

見慣れたセーラー服だと気づいて僕は勢いよく立ち上がる。

雨の中、走ってきたのはひぐらしだ。傘もささず、全身ずぶ濡れで、濡れた髪が頬に張りついている。

僕に向かって一直線に駆けてきたひぐらしは、でも階段を前にするとためらうように足を止めてしまう。その間も雨は容赦なくひぐらしの体を叩くので、見ていられず階段を走り下りてひぐらしの腕を摑んだ。そのまま強引に軒下まで引っ張り込む。

「何してんの!?」

久し振りに会えたのに、第一声はそんな言葉になってしまった。

髪の先からぽたぽたと雫《しずく》を落とすひぐらしを見かね、水泳バッグから慌ただしくタオルを取り出す。とりあえず体を拭くよう手渡すと、ひぐらしは礼を言っておざなりに体を拭いた。

　雨は相変わらず激しく降り続いている。しばらくはやむ気配もない。

　僕たちはどちらからともなく、階段の一番上に腰を下ろした。

「……さっきの電話、君だった？」

　半ば確信を込めてひぐらしに尋ねる。

　ひぐらしは濡れた肩にタオルをかけ、何も言わずに頷いた。

「場所を教える暇もなかったのに、よくわかったね」

　ひぐらしはもうひとつ頷いて、頷くだけでは返事にならないと気づいたように口を開いた。

「昼間、一度ここに来たんです。そうしたらロビーに貴方がいて……。ずっと誰かを待っているようだったので、気になって、電話を……」

　まさかまだいるとは思わなかった、とひぐらしは続ける。時刻はとうに夜の九時を過ぎている。

「ひぐらしこそ、こんな遅い時間に外にいて大丈夫なの？」

「私は大丈夫です。両親も、今だけは多目に見てくれているので」

「高校最後の夏休みだから？」

　なるべく明るい口調を装って言ってみた。

ひぐらしが僕を振り返る。ひぐらしはどこか緊張した面持ちで、その眉や口元が落ち着かなく動いている。高く積み上げた積木がぐらぐらと揺れるような不安定な表情が、目が合った瞬間に崩れた。

取り繕った表情の下から現れたのは、諦めたような微かな笑みだ。

「もうすぐ私は、記憶を失ってしまうからです」

その言葉を聞き出したくてひぐらしを待っていたはずなのに、本人の口から真実を聞かされると息が止まった。それで初めて、自分の思いつきを馬鹿げた妄想だとひぐらしに笑い飛ばしてほしかったのだと自覚する。

「……本当に忘れるの？」

尋ねる声が震えた。

ひぐらしは膝を抱えると、落ち着き払った表情で「忘れますね」と応じた。

「……どうして」

「電話で貴方が言った通りです。ちょっと変わった病気にかかっていて、六年周期で記憶を失います。世界的に見ても症例が少なくて、日本ではまだ病院関係者に認知すらされていません」

非ウィルス性嗜眠脳炎、とひぐらしは淀みなく病名を口にした。全く耳馴染みのない病気だ。

病気が明るみに出たのは小学校に上がる前。当時保育園に通っていたひぐらしは、ある日突然高熱を出して倒れ、半年近く意識が戻らなかった。ようやく目が覚めたと思ったら、それまでの記憶は全て失っていたらしい。

「最初はただの脳炎だと診断されました。たまたま炎症が覚醒中枢付近に生じてしまって、長く意識を失っていたんだろうって。記憶を失ってしまったのは、脳炎による逆行性健忘だと……」

脳炎が引き起こされた理由はわからなかった。しかしひぐらしは意識を取り戻し、記憶こそ失っていたものの他に脳へのダメージはなかった。だから二回目の症状が出るまで、家族も医者も、それがとても特殊な病であることに気づかなかったそうだ。

まだ病の全容が見えずうろたえるばかりの僕に、ひぐらしは簡単に病気の説明をしてくれた。

非ウィルス性嗜眠脳炎は、自己免疫系の病気であるらしい。

体内に腫瘍などができることによって産生された自己抗体が、脳の神経細胞を攻撃してしまう『自己免疫性脳炎』が引き金となるそうだ。

炎症は決まって覚醒中枢に生じる。その名の通り、睡眠と覚醒を制御する部分だ。

覚醒中枢が病変したことにより、患者は長い昏睡状態に陥るらしい。そして数ヶ月から半年の昏睡から覚めると、脳炎による逆行性健忘を発症してこれまでの記憶を全て失う。

これが大体、五年から十年の周期で繰り返される。

「……治療法はないの？」

ひぐらしの口から次々出てくる専門用語に圧倒されそうになりながら、すがるような思いで尋ねる。

六年前はまだ、ひぐらしが患っている病気の名前も判明していなかった。だが病名がわかっている今なら治療法もあるのではないか。そう願ったが、ひぐらしは小さく首を横に振った。

「もしもこれが自己免疫性脳炎なら、体内にできた腫瘍を取り出したり、薬を飲んだりすることで改善されたかもしれません。嗜眠脳炎なら、炎症を引き起こすウィルスを特定できればどうにかなった可能性もあります。でも今の段階では、何が脳炎を引き起こしているのかわからないんです」

ひぐらしが患っている非ウィルス性嗜眠脳炎の患者からは、体内のどこからも腫瘍が発見されない。ならば嗜眠脳炎を疑ってみても、これも起炎ウィルスらしきものが発見されない。

だが、炎症は狙い澄ましたように覚醒中枢に起こる。意識を失っている間も炎症は続き、今のところ逆行性健忘を防ぐ手立てもないそうだ。

「未だにメカニズムすらよくわかっていない病気なんです。原因は腫瘍でもウィルスでもないのかもしれない。一応それらしい病名はついていますが、症状が似ている既存の病名をとりあえず借りているだけに過ぎません」

治すことも、防ぐこともできないのだと抑揚乏しくひぐらしは言う。

「高熱を出して意識を失う直前には、先触れのようなものもあります。直近の記憶が少しずつ曖昧になるんです。傍目《はため》には、物忘れが増えるように映るようですが」

雨だれのようにぽつぽつと続くひぐらしの言葉を聞くうちに、全身の血が下がっていく錯覚にとらわれた。

先週の夏祭り、ひぐらしは待ち合わせ場所に来なかった。約束をしたこと自体忘れたような態度だったが、あれは本当に忘れていたのだ。病の先触れに他ならない。

言葉を失う僕を見て、ひぐらしはほんの少しだけ唇を緩めた。

「私はもうすぐ、貴方を忘れる。だから貴方も、私を忘れて下さい」

柔らかな表情に反して、出てきた言葉は容赦がない。

そんなに簡単に、僕がひぐらしを忘れられるはずもないのに。

たった一ヶ月にも満たなくとも、僕らはたくさんの時間を共有した。積み重ねた記憶をどうやって消せばいい。

ひぐらしの不器用なクロールも、二十五メートルを泳ぎ切った直後の横顔も、蛇行しながら自転車で下りた坂道も、あのとき肩に食い込んだ指の強さも、僕に逆上がりを教える弾んだ声も、ひぐらしの背後で咲いた大きな花火も。

僕は忘れられない。忘れられるわけもない。

でもひぐらしは忘れてしまう。自分の意志とは無関係に。

喉の奥で、ぐぅっと空気の塊を押し潰した。そうしないと妙な声が出てしまいそうだ。

記憶を失うとはどんな感覚だろう。それを事前に知らされているのはどんな気分だ。

家族や友人はもちろん、自分自身のことすら忘れてしまう。これまでの自分が何をして過ごし、何を好み、何を思っていたのか丸ごと記憶から抜け落ちる。

見知らぬ土地に連れ去られたって、自分の記憶や経験を頼りにすれば、なんとかその場を切り抜けることはできるかもしれない。でも、連れ去られた先がどんなに平和で清潔な場所であっても、自分というものの記憶がなければ次の行動に移ることは難しい。

記憶に一切の寄る辺がない。それはどれほどの恐怖なのか。

僕は上手く表情も作れないままひぐらしの顔を見る。ひぐらしも、黙って僕を見詰め返す。

出会ったばかりの頃、どうして今更泳げるようになりたいのかと尋ねた僕に、ひぐらしはこう答えた。できないことがあるのは悔しいと。でもそのうち、悔しかったことすら忘れてしまう、とも。

あのときは半分も理解できなかった彼女の言葉が、今になって胸に迫る。

言葉も出ない僕を見上げ、ひぐらしは困ったように笑った。

「こんなふうにならないように、この六年間友達を作らずにいたのですが」

笑顔には諦観が混ざっている。まだクロールもろくに泳げなかった頃、プールサイドからプールを睨み、悔しい、と言ったあの表情は見る影もない。

「……記憶を失ったら、泳ぎ方も全部忘れるの？」

震える声で尋ねた僕に、いいえ、とひぐらしは首を振る。

「そういう経験的な記憶は残ります。誰に教えてもらったかは忘れても、泳ぎ方は忘れません。だから、貴方に教えてもらったことも無駄にはなりません」

ならばひぐらしは、この先もクロールで二十五メートル泳ぐことができるし、自転車もまっすぐ走らせることができる。逆上がりも。

ただ、それを一緒に練習した僕のことは思い出さない。僕と交わした会話も、一緒に見た風景も、何もかも忘れてしまう。

その事実に焦れた顔をするのは僕ばかりで、ひぐらしは悔しさも悲しさも感じられない、凪《な》いだ表情を浮かべている。

そんなのは嫌だと思っているのは僕だけなのだろうか。彼女はもうすっかり、自分の病気を受け入れているのか。

かける言葉が見つからずに視線を下げる。ひぐらしも肩にかけたタオルを黙って撫でた。

途中、指先で宙を弾くような仕草をしたのでそろばんかと思ったら、タオルの表面についた糸くずを取っただけだった。

そろばんは浅野と一緒に習ったというから、覚えたのは小学生の頃だろう。ひぐらしの言う通り、記憶を失ってもそろばんの弾き方は忘れなかったようだ。

これまでも、ひぐらしはよく宙でそろばんを弾いていた。それも実用的な場面ではなく、数字が目に飛び込んできたら反射のように。

停留所の時刻表、車のナンバー。総和を知ったところで何も起こらない。それでもひぐらしはそろばんを弾いて確かめる。

——確かめる。何を確かめていたのだろう。数字そのものではない。まだ自分がそろばんを弾けるかどうかだろうか。

わからないまま思考を放棄しようとしたら、待て、と意識の底で声がした。

横風が吹いて、軒下にいた僕の頬を雨粒が叩く。雨に横っ面を張られた気分で、僕ははっと目を見開いた。

ひぐらしは、いつもそろばんを弾いていた。取り立てて計算が必要ではない場面でも。

本人は癖だと言っていたが、それにしては横顔が真剣だった気がしないか。

ひぐらしはもう、自分がいつ、どうやってそろばんの技術を身につけたのかわからない。

でも確かに覚えている。指が動く。

記憶こそないが、それは過去の自分が努力して技術を習得した証《あかし》になる。

全部忘れてもこれだけは残る。その事実は、ひぐらしにわずかな安堵をもたらしたのかもしれない。折に触れ宙でそろばんを弾いていたのは、わずかに残った記憶の片鱗をこれ以上取りこぼさないよう必死になっていたからではないのか。

凪いだ表情を浮かべるひぐらしから目を逸らせない。疑惑がむくむくと膨れ上がる。

ひぐらしは、本当に全部諦めているんだろうか。

もうじき記憶を失うというこの時期に水泳や逆上がりの練習を始めたのは、本人が言う通り『できなくて悔しい』という気持ちを忘れてしまうことを惜しんでだろうが、それ以上に、身体的な記憶だけでも持ち越したいと願ったからではないのだろうか。

あるいは小さな「できた」を積み重ねて、今度こそ記憶を残すことができるようになると信じたかったのではないか。

全部僕の勝手な推測だ。

でも、近々記憶を失うとわかって平然としていられる人間なんてそういない。これまで自分が積み上げてきた記憶や経験は忘れたくないに決まっているし、それらすべてを失ってしまうのが怖いのも当然だ。

なのにひぐらしは、すっかり諦めたような顔でそこにいる。

無理をしているのではないか。思ったときには口が動いていた。

「……もうちょっと諦めが悪くてもいいんじゃないかな」

声は雨音に掻き消され、ひぐらしが不思議そうな顔でこちらを見る。

そういえば僕は、この子の名前すら知らない。徹底してひぐらしが自分の情報を隠したからだ。水泳教室に通って、コーチや生徒と関係ができてしまうのを嫌うくらいに人間関係を断ってきたから。

ろくに友達も作らず、そんなことを六年も続けてきたのか。

僕は腕を伸ばしてひぐらしの肩を摑む。服は乾き始めていたが、布越しに肩の冷たさが伝わった。単に雨で濡れて冷えただけか。迫りくる未来に怯えているように感じてしまったのは僕の勘違いか。

「忘れる前提で過ごす六年間はきつかっただろ」

ごく普通に、日常会話の延長のように話したかったのに、喉の奥から押し出した声は震えてしまった。

僕は想像することしかできないが、それでも十分気が滅入った。記憶が連続していないのなら、経験にどれほどの意味があるだろう。日常の中で努力や我慢を重ねる意味を見出せなくなりそうだ。技術的な記憶は残っても、その技術を使って何をしたかったのかが思い出せない。まっさらな記憶は、途方もない混乱を招き寄せる。

そんなのは苦しいし怖い。他人がそうした状況に陥るのを想像するだけでこの様だ。当の本人が平然としていられるわけがない。

僕に肩を摑まれてもひぐらしは微動だにしない。瞳も動かない。だから確信した。ひぐらしは本心を隠している。

「友達を作らなかったのは、浅野のときみたいに相手のことを忘れるのが怖かったからだろ？　忘れられた友達が傷つくのを避けたかったんだろ？」

ひぐらしの目が揺れた気がしたが、ことさらゆっくりした瞬きに遮られてしまってよくわからない。逃げられぬよう、肩を摑む指に一層力を込める。

「この六年間、誰にも注目されないように、誰の記憶にも残らないように、土の中のセミみたいに過ごしてきたんだろ？　でもそんな我慢しなくたっていい」

彼女の下瞼が痙攣《けいれん》するように震えた。穏やかだった表情が強張る。だからきっと、僕は的外れなことを言っていない。

彼女の中にはセミがいる。六年ごとに目を覚まし、頭の中で鳴き散らかして、彼女の記憶を根こそぎ奪って地に落ちる。

夏に訪れるセミたちの合唱を止めることはできない。彼女の脳にしがみつくセミを黙らせることもできない。それなのに、彼女だけが頑なに沈黙を守っている。

「セミだって鳴くんだ、君だって泣いていいだろ！」

僕の言葉が終わるより早く、ひぐらしが勢いよく僕の手を振り払った。

「泣いたって意味なんてない！　泣いたことすら忘れてしまうのに！」

これまでほとんど声を荒らげたことのなかった彼女が、初めて上げた大声だった。

ひぐらしが僕を睨む。僕の手を振り払っただけなのに軽く息が乱れ、唇が震えていた。

本心が見えたと思ったのは一瞬で、ひぐらしは大きく深呼吸をするとすぐに僕から視線を逸らした。

「泣いたって、何も変わりません。実際何も変わらなかった」

ひぐらしが僕にタオルを押しつけてくる。

さすがに言いたい放題言い過ぎたか。僕は所在なく膝にタオルを置いた。

「……記憶を失う前の君は泣いたの？」

「そうらしいです。もう覚えていませんが」

声に自嘲気味な笑いが滲んだ気がしたが、ひぐらしの横顔は無表情のままだった。

少しずつ弱まってきた雨を見ながら、ひぐらしは雨音に負けず劣らずひそやかな声で当時を語る。

六年前の夏、変調はゆっくりと訪れた。少しずつひぐらしの物忘れが増えていったのだ。

まだ保育園児だった頃、記憶を失う前に出たのと同じ症状を重く見たひぐらしの両親は病院を渡り歩き、そこでようやく病名が判明した。

程なくひぐらしは高熱を出して倒れ、目が覚めたときにはすべての記憶を失っていた。

「退院した後、家に戻って自分のノートを見たんです」

すでに記憶はまっさらで、自分の名前を告げられてもぴんと来ない状況だった。見覚えのない両親に案内されて、これもまた見覚えのない自宅に上げられる。

ここが貴方の部屋よ、と通された自室にはベッドと学習机があった。カーテンとベッドカバーは淡い水色。取り立てて好きでも嫌いでもない色だ。少なくとも今の自分にとっては。

学習机の上には、分厚いノートが何冊も積み上げられていた。何気なくノートを開いて息を吞む。中には自分に関する膨大な情報がびっしりと書き残されていた。

「仲のよかったクラスメイトとか、好きな食べ物とか好きな音楽とか。好きな人と嫌いな人、苦手な科目と得意な科目。友達との約束、大切なものがしまってある場所。そういうことが、見覚えのない字で細かく書かれてました」

内容は、教室の机の位置だとか気に入っている本のタイトルだとか、取るに足らない情報ばかりだった。

ひぐらしが圧倒されたのは、中身より文字の様子だ。

覚えているうちに早く、早く、と焦っているのが伝わってくるような乱雑な字に、ノートを破ってしまいそうな高い筆圧。

ノートの隅には「忘れたくない」「怖い」という走り書きが残されていた。ページによっては文字が乱れ、紙が不自然に波打っている箇所もある。涙の跡だ。

書いた本人がどれほどの焦燥に駆られていたのか伝わってくるようだった。

けれど、今こうしてページをめくる自分は何も感じていない。思い出せるものもひとつもない。

机に積み上げられたノートは五冊あった。どれも細かな文字が書きつけられている。これだけ書くのに、一体どれほどの時間がかかったのだろう。

すべてのノートをくまなく読んで、ひぐらしは静かにページを閉じた。

わかったのは、こんなにも必死になって書き残しても、何ひとつ自分の中に残るものはないという事実だけだ。

ノートを読めば、記憶を失う直前の自分がどれほど動転していたかがわかる。六年後の自分もこうなるのかと思ったら、漠然とした不安が募った。

だから記憶を失った直後は、自分の生活をすべて書き残そうと詳細な日記をつけた。けれど記憶を失う前の自分が残したノートを読み返すたびに「どんなにメモを残したところで全部忘れてしまうし、読み返しても何も思い出せない」と思い知らされ、日記帳の半分も埋まらないうちに日々の記録を残すことはやめた。

記憶を失う前の自分が残したノートも、五冊目の半ばで記述が止まっている。

膨大な自分のデータを書き残していくらか安心したのか、終わり近くになると、『毎回記憶を失うとは限らない』、『今回は大丈夫かもしれない』という希望的な言葉も見受けられるようになる。日記のような書付には、友達と夏祭りに行くとも書かれていた。

でもその期待はもろくも崩れた。こんな状況で、過去の自分が抱いた期待を、記憶を失った自分が無残にも踏みしだいている。こんな状況で、新たな期待など抱けるはずもない。

「前に私が言った、セミの詩は覚えていますか？」

ふいに問いかけられ、僕はぎこちなく頷く。

「私の頭にセミがいて……だっけ？」

「はい。その詩、記憶を失う前の私がノートに書き残したものなんです」

五冊目のノートの最後に淡々と書きつけられていたそれを何度も読んで、暗唱までしてしまったのに、やっぱり当時の気持ちはわからないままだ。

分厚いノートに綴られた五冊分の情報。忘れたくないとこんなにも切実に願っていたのに、結局忘れた。

きっとこの次も忘れてしまうのだろう。どうせ忘れてしまうのならと、新しい知識や経験、人間関係などを作ることは徹底的に避けるようになった。そうやって、息を殺してこの六年間過ごしてきたのだ。

ひぐらしは雨の向こうを見ながら、胸に膝を抱き寄せた。

「家族や病院の先生は、もう私が記憶を失うことに慣れ始めているんです。次で三回目ですから。そろそろ準備をしなくちゃねって、そんな感じで。でも、私だけがいつまでも慣れない」

当然だ。ひぐらしは記憶を失う直前の不安や恐怖を忘れてしまう。だから慣れない。どんなに周りがその状況に慣れても、ひぐらしだけは初回と同じ鮮烈さで記憶を失う恐怖と対峙しなければならない。

「私も早く慣れないと」

慣れるわけもないのにそんなことを言う。だから代わりに僕が言ってやった。

「慣れるわけないよ」

「でも周りの皆は慣れてる」

「周りに合わせてどうするの。本当は怖いし諦めてないくせに」

彼女の目がこちらを向く。僕なんかが知ったふうな口を利いたせいか、不愉快そうに眉を寄せられてしまったが怯まない。ひぐらしの顔を覗き込み、思い切って言ってみた。

「今回は忘れないかもしれない」

根拠はない。下手な慰めだ。でも、ひぐらしに諦めた顔で俯いてほしくなかった。

ひぐらしはますますきつく眉を寄せて苛立ちを露わにする。

「忘れる、絶対に忘れる。私は知ってる」

「いいよ、君が忘れたら僕から会いにいく」

あっさりと引き下がれば、ひぐらしは虚を衝かれたように黙り込む。この機を逃さず、一方的にまくしたてた。

「そのときは、もう一度知人から始めよう。それで次こそ、友達になろう」

記憶を忘れたって、彼女自身がいなくなるわけじゃない。やり直せる。だからもうひぐらしを見失いたくない。ひぐらしがプールに来なくなってからの数日、たった数日だが、待つだけの時間は苦しかった。

必死の表情も隠せず、息を詰めてひぐらしからの返事を待った。ひぐらしは目を見開いて僕を見たきり、なかなか口を開こうとしない。

明かりの落ちた施設の周りは、水の気配で満ちている。庇からぱたぱたと水滴が落ちて、同じ速度でひぐらしが瞬きをした。

「嫌」

返ってきたのは短いがきっぱりとした拒絶だ。取りつく島もなかったが、簡単に引き下がる気にはなれない。どうして、と食い下がるつもりでいたが、ひぐらしの言葉には続きがあった。

「何度だって忘れるのに。たった一ヶ月しか一緒にいなかった貴方を忘れるのも辛いのに、次は貴方との六年分の記憶を失うの？」

手酷《てひど》く退けられるかと思ったら、違った。僕とまた一から関係を築くこと自体を嫌がっているわけではないようだと理解して胸を撫で下ろす。

少なからずひぐらしは、僕との記憶を惜しんでくれている。その事実に背を押され、僕も素直に自分の気持ちを口にした。

「一ヶ月も六年も、きっと同じくらい辛いよ。好きな人に忘れられるのは」

緊張で声が掠れたのは雨音がごまかしてくれればいい。続く言葉はまっすぐひぐらしに届くよう、僕は腹に力を込めた。

「君が僕を忘れても、僕は君が好きだ」

照れくさかったけれど正面からひぐらしの目を見て口にすれば、それまで僕を睨んでいたひぐらしの顔からすとんと表情が抜け落ちた。

伝わったか、と思った直後、またしてもひぐらしの表情が急変する。眉が寄り、口元が歪んで、泣き出す直前のような顔で猛然とその場に立ち上がった。

そのまま雨の中に飛び出そうとするので、慌てて腕を掴んで庇の下に引き戻す。顔を覗き込もうとすれば勢いよく手を振り払われた。

「どうしてそんなこと言うの！　こうならないように六年間頑張ってきたのに！」

無暗《むやみ》に暴れるひぐらしの腕を掴み直す。ひぐらしは僕の手から離れようと何度も腕を振って、地面に声を叩きつけるように叫んだ。

「もう、あの子みたいに誰かを悲しませたくなかったのに！」

「あの子って」

「浅野果歩！」

突然浅野のフルネームが出てきて目を瞠る。「覚えてるの」と尋ねれば、もう一度腕を払われた。

「覚えてないから傷つけたんじゃない！　この前駅で声をかけてきてくれた子、浅野果歩っていうんでしょ？　私は知らない、でもノートに書いてあった、一番の友達だって！」

だけど覚えてない、とひぐらしは悲鳴のような声で言う。

浅野果歩の名は、ノートにもきちんと書き残されていた。友達だと書いてあったし、両親も知っていた。小学生時代の写真も見た。でも思い出せない。写真の中の二人はこの上なく親密に肩を寄せ合っているのに。

「……火傷のことも、私ずっと、何も知らなかった」

ひぐらしは僕に掴まれた右腕を震わせる。その手の甲には火傷の痕が残っている。

記憶を失い、火傷の理由も思い出せなくなったひぐらしに、両親は「事故で火傷を負った」としか伝えなかった。夏祭りで爆発事故に巻き込まれたことも、祭りに同行していた浅野の存在も伏せたのだ。ノートに書き残されていた一番の友達のことすら思い出せないと動揺している娘に、これ以上刺激を与えたくなかったのかもしれない。

ひぐらしも両親の言葉を素直に受け入れていたらしいが、僕に火傷の理由を尋ねられたのをきっかけに改めて両親を問い詰めたらしい。それで初めて、祭りの現場に浅野もいたことを知った。

浅野に初めて声をかけられたとき、ひぐらしは本当に相手が誰だかわからなかった。僕に浅野の名前を教えられたときも、それが長らく目を通していなかったノートに書きつけられていた名前だとはしばらく気づかなかったそうだ。

「気がついた後も、どうしてずっと知らない振りしてたの？」

だって、とひぐらしは深く俯く。

「相手が私を覚えていても、私は覚えていないから。知らない人なのは本当だもの。私はあの人のこと、何も知らない。友達だった頃のこと、何も……」

「だったら、もう一度友達になればいい」

僕はひぐらしの腕を摑む手に力を込める。

「浅野は君に火傷をさせたことを気にしてたよ。謝りたがってた」

「謝られたって許してあげられない」

ひぐらしの声が低くなる。まさかそんなに火傷の痕を気にしていたのかと驚いたが、ひぐらしの口から出てきたのは予想と違う言葉だった。

「だってあのとき何があったのかわからない！　本当に私が火傷をしたのは彼女のせいなの？　何も覚えてないのにどうやって許してあげればいいの？　忘れるのと許すのは同じ

ことじゃないのに！」

あのとき、あの現場にいた自分はもういない。当時の記憶がない自分には、そもそも浅野を許す資格がないのだと、ひぐらしは乱れた口調で叫んだ。

僕は黙ってひぐらしの話に耳を傾け、摑んでいた腕を自分の方へ引き寄せた。

「でもやっぱり、君以外に浅野を許せる人はいないよ」

ひぐらしはよろけるように前に進み、顔を歪めて僕を見た。大きな声を出したせいか肩で息をしている。

「記憶をなくしたって君は君だ。今の君が浅野を許してあげればいい。当時のことを忘れてるなら教えてもらえばいいし、思い出せなくても理解して、浅野と新しい関係を作ったらいいんだ」

ひぐらしは小さく肩を上下させながら、心許《こころもと》ない声で呟く。

「……新しい関係もまた忘れるのに？」

「忘れるまでにはしばらく時間がある。どんなに短くても、その時間を無駄だとは思わないよ」

段々とひぐらしの呼吸が整ってきた。もうこの場から逃げ出す様子がないのを確かめて、ひぐらしの腕を摑んでいた手をほどく。身を屈《かが》め、俯いたひぐらしの顔を下から覗き込んだ。

「君、本当は諦めてないだろ」

突然視界に僕の顔が入り込んできて驚いたのか、ひぐらしが体を後ろに仰《の》け反らせた。うりざね顔のひぐらしは、目も鼻も小作りで優し気な面立ちをしている。でも目の力は強い。

監視台の上からでもわかった。プールを睨む彼女の目に、僕は親近感を覚えたのだ。

「君がひとりで泳いでるのを見てたときから思ってた。この子絶対諦めないんだろうなって。僕も同じ顔をして泳いでたから、わかるよ」

プールを睨むひぐらしの顔は、そのまま部活中の僕の顔だった。

高校の三年間、僕は一度も大会に出ることのない万年補欠選手だった。

同じような状況の部員は他にもいた。皆、腕に覚えがあって水泳部に入部してきた者ばかりだ。けれど上には上がいる。思ったような結果を出せず、腐って部活を辞めていく部員もたくさんいた。僕だってそうなっておかしくなかった。

でも僕は、最後までプールから離れられなかった。

「もうタイムなんて縮まらないのに辞められなかった。大会が近い選手にレーンを譲るのは悔しかったけど、周りにそれがばれないように無表情でプールから上がったよ」

全身から水を滴らせ、他の部員が泳ぐ姿を黙って見詰める。

プールの水は波立って、立ち尽くす自分の姿がそこに映る。あのときの自分の顔と、プールサイドで膝を抱えるひぐらしの顔がだぶった。

「君も休憩時間にプールから出るとき、僕と同じ顔をしてた。絶対水の中に戻るって顔」

プールサイドにいるときだけじゃない。自転車のサドルにまたがるときも、鉄棒にぶら下がるときも、ひぐらしはいつも同じ顔をしていた。

「あの諦めの悪い顔が僕は好きだ」

ひぐらしが軽く息を呑む。さっきも好きだと伝えたはずなのに、二度目にしてようやく言葉の意味を実感したようだ。落ち着かなげに自分の腕をさすり始めた。

「……貴方にそう言われたことも、私はいつか忘れるのに」

それは淋しいことだけれど、言わずにこのままひぐらしと縁が切れるよりはましだ。僕は笑って、いいよ、と頷く。

「僕も大概諦めが悪いんだ。選手でもないのに三年も水泳部に居座って、多分大学でも泳ぎ続ける。一度好きになったものに対しては一途《いちず》だから、君のことも諦めない」

ひぐらしが僕のことを忘れたら、そのときは僕から会いにいく。知人から始めて、友達になって、その先だってあればいい。

僕の言葉は彼女に届くだろうか。実際に記憶を失ったことがない僕には、彼女の味わう悲嘆や絶望の半分も理解できない。でもやっぱり諦めてほしくなくて、僕自身諦められなくて、必死で言葉を重ねた。

「忘れるから何もしなくていいって言うなら、セミだって土から出てこない。たった一ヶ月で死ぬなら生まれてこない方がよかったって皆して土に潜り込んだまま、夏は凄く静かになる。僕は淋しいよ。セミの声が聞きたい」

空に響き渡るセミの声はときに煩いくらいだけれど、あの声が聞こえなかったら夏はびっくりするほど味気ない。たった一ヶ月しか生きられないセミの声は、それよりずっと長い年月を生きる僕らの夏の記憶に直結する。

「今年のセミと来年のセミが違う声で鳴いても、ただ声を聞かせてくれるだけで、僕は嬉しい」

だから、と続けようとして言葉を切る。さすがにちょっと気恥ずかしくなってきた。照れくささをごまかすべく、僕はおどけた表情を浮かべた。

「来年も、君の声が聞きたいよ」

今年鳴くセミと来年鳴くセミは別物だ。でもやっぱりセミの声は夏の声で、僕らはそれを待っている。去年のセミじゃないからなんてがっかりすることはないはずだ。

ひぐらしが僕を見る。僕もひぐらしを見返して、ちょっとだけ笑う。

黒目がちな瞳がプールの水のようにゆらりと揺れた。瞬きを待たず、目の縁から大粒の涙がこぼれ落ちる。軒から落ちる雨だれのように次から次へと頬を伝い、遅れてひぐらしがくしゃりと顔を歪めた。

雨の音に、控えめなひぐらしの泣き声が交じる。

六年待って、ようやく土から出てきたセミを見守るように、僕はいつまでもひぐらしの側《そば》に寄り添ってその泣き声を聞いていた。


夏休みが終わるまで、僕とひぐらしは毎日市民プールで待ち合わせをすることになった。落ち合った後は水泳の練習をしてもいいし、自転車の練習をしてもいい。近くには図書館もあるので勉強だってできる。とにかく毎日顔を合わせることに決めた。

一週間ぶりにひぐらしと再会した翌日、僕は携帯電話のアドレスに登録してあった高校の知り合いに片っ端から連絡をとって、浅野の連絡先を入手した。

ひぐらしが話をしたがっていると伝えると、浅野はすぐに返事をくれた。明日にでも時間を作るという。早い方がいいだろうと、その翌日に僕らは駅前のファストフード店で会う約束をした。

待ち合わせ場所には浅野が先に来ていた。店の奥にあるテーブル席で、手持無沙汰に携帯電話を弄っている。テーブルの上にはトレイに載った紙コップがひとつ置かれているだけだ。私服だが今日はメイクをしていない。髪も下ろして、僕の後ろにいるひぐらしを見ると緊張したように頰を強張らせた。

まずはぎこちない挨拶をして、僕らもトレイをテーブルに置く。夕方近い時間だったので、こちらも飲み物しか買っていない。

「最初に、病気の話をしておいた方がいいんじゃないかな」

浅野の向かいに並んで座り、小さな声でひぐらしに促す。ひぐらしは異論を唱えることなく、訥々《とつとつ》と病気の詳細について浅野に説明した。

以前僕と話した現実離れした病気が実在することを知って、浅野は驚きを隠せない様子だった。ひぐらしの隣に座る僕に何度も目配せをして、本当なのかと視線で訴えてくる。僕はひぐらしにばれないよう頷き返すことしかできない。

説明を終えると、ひぐらしは浅野に向かって深く頭を下げた。

「だから私、貴方のことを覚えてないんです。貴方は私を覚えていてくれたのに、知らない人だなんて言ってしまって、すみません」

真摯《しんし》な謝罪を受け、浅野もこれが冗談ではないと理解したようだ。テーブルに身を乗り出してひぐらしの顔を上げさせる。

「いいよ、病気じゃしょうがないもん。それよりあたしこそ、無理に屋台に連れていってごめん。火傷の痕も残っちゃって、ずっと謝りたかったんだ」

ひぐらしは浅野の顔を見返し、あの、と小さな声で切り出した。

「よければ、その日のことを詳しく聞かせてもらえませんか？　私は、貴方と二人きりでお祭りに行ってたんですか？　それとも他の子も……？」

「あ、違うよ、あたしと二人きりで……」

ひぐらしに求められるまま、浅野はその日の出来事を詳細に語った。二人して浴衣を着て祭り会場に向かったことや、揃いの髪飾りを買ったこと。屋台で売っているものは高いので、祭りに行く前にコンビニで菓子パンを買って軽く腹ごしらえをしておいた、というくだりを聞いたときはうっかり笑ってしまった。小さいのにしっかりしている。

最後は事故の話になった。浅野は背後で大きな音がしたのを聞いただけで、ガスボンベが爆発する瞬間こそ見ていなかったが、後ろから叩きつけてきた爆風に背中を押されて前のめりに転んでしまったらしい。

「怪我はしませんでしたか？」

「膝くらいは擦りむいたけどね、大したことないよ。それより振り返ったらエリが道路に倒れてて、ぴくりとも動かなかったからびっくりした」

すぐに大人たちがひぐらしを取り囲み、浅野はひぐらしに近づくこともできなかったそうだ。ひぐらしが救急車に乗せられるのも、遠くから見守ることしかできなかった。

浅野の話が終わると、ひぐらしは細く長い溜息をついた。

「そうでしたか」

「ほんと、ごめんね……」

悄然と肩を落とす浅野を見て、ひぐらしは慌てて首を横に振る。

「謝らないでください。それよりも、こうしてお話が聞けて良かったです。私の両親も現場にいなかったので、実際何が起こったのかよくわかっていなかったので……。でも、これで今度から火傷の理由を訊かれてもきちんと答えられます」

ありがとうございました、と頭を下げるひぐらしに、浅野は窺うような表情で「怒ってないの？」と尋ねる。

アイスティーの入った紙コップを手元に引き寄せたひぐらしは、手を止めて浅野を見る。すぐには返事をせず、少し考えてから口を開いた。

「正直なことを言うと、当時の私がどう思っていたかは、わかりません。でも、今の私は怒ってないです」

息を詰めてひぐらしの返答を待っていた浅野は、「……そっか」と呟いて目を伏せる。落胆したような、安堵したような、複雑な表情だ。

隠しきれなかった溜息が浅野の口元を掠め、微かにあの甘い香りが漂ってくる。こんなときまでガムを噛んでいるらしい。

ひぐらしもその匂いに気づいたのか、すん、と鼻を鳴らして紙コップを脇に退けた。

「私は貴方と仲良しでしたか？」

唐突な質問に浅野は面食らったような顔をして、うん、と自信なさげに頷く。

「多分……。あたしはそう思ってた」

「もしかして、貴方の髪を結んであげるようなことも？」

俯き気味だった浅野が目を見開く。

「うん、よく休み時間とかに……」

浅野の返事を聞くなり、ひぐらしが突然席を立った。目を白黒させる僕と浅野を後目に、ひぐらしは浅野の背後に立って「失礼します」と浅野の髪に触れる。

「嫌だったら言ってください」

「え、別に、嫌じゃないけど……」

浅野はひぐらしに背を向けたまま硬直している。向かいに座る僕に助けを求めるような視線を送ってくるが、僕だってどうしたらいいかわからない。ひぐらしのするに任せていると、しばらくしてひぐらしが「ゴムありますか？」と声を上げた。

浅野が手首に通していたゴムを差し出すと、ひぐらしはそれで浅野の髪を縛って再び席に戻った。浅野は呆気にとられた顔でひぐらしを見て、自分の後ろ頭に触れ、はっとしたように椅子に置いていた鞄から鏡を取り出した。

見事に編み込まれた髪を見た浅野は、驚愕の表情でひぐらしを見遣った。

「……なんで覚えてるの？」

「以前の私も、そうして貴方の髪を編み込んでいましたか？」

「そうだよ！　ねえ、もしかして本当は覚えてんの？」

勢い込んだ浅野を見て、ひぐらしは困ったような顔で笑う。

「覚えているのは、その編み方だけなんです。いつ覚えたのかとか、誰の髪を編んだことがあるのかは覚えてません」

困惑した表情になる浅野に僕は補足説明をする。記憶を失っても、泳ぎ方や自転車の乗り方などは忘れないのだと。

納得顔になった浅野の前で、ひぐらしは肩までしかない自分の髪をつまんでみせた。

「この六年間、ずっと不思議だったんです。昔のアルバムを見る限り私はずっと髪が短いのに、どうして編み込みなんてできるんだろうって」

「それは、あたしがお願いしたからだよ。あたし不器用で編み込みなんてできないから、エリにやってほしいって。だから休み時間はいつもあたしの髪で練習してた」

「やっぱり、自分の髪を結うために覚えたんじゃないんですね」

長年の謎が解けてすっきりしたのか、ひぐらしは小さく笑うとテーブルの上に両手を置いた。

「記憶を失う前の自分が何を思っていたのかはわかりません。でも、自分のためじゃなく貴方のために難しい編み込みを覚えるくらいには、貴方のことが好きだったんだと思うんです、私」

緩く両手を握り、ひぐらしは確信を込めた声で言った。

「だから当時の私も、きっと貴方のこと怒ってなかったと思います」

あのときのひぐらしの心境を知る者はもういない。でも、当のひぐらしがこう言っているのだ。これ以上の許しはないんじゃないだろうか。

浅野は鼻の頭を赤くして、エリ、とひぐらしを呼んだ。

ひぐらしは弾かれたように目を上げると、またしても席を立って浅野の隣に座った。浅野に顔を寄せ、小声で囁く。

「あの、もうひとつ訊きたいことがあるのですが……」

そう言いながらちらりと僕を見る。どうやら僕には聞かれたくない話らしい。浅野もそれに気づいたのか、無言でトイレの方を顎でしゃくる。酷い扱いだと思ったが、結託した女子に逆らうのは得策でない。大人しくトイレへ向かった。

トイレから戻ってみると、ひぐらしと浅野は隣り合って座ったまま何事か楽しそうにお喋りをしていた。

いきなり以前と同じ関係に戻ることは難しいだろうが、ああして肩を寄せ合う姿はもう友人同士のようにしか見えない。

邪魔をしないよう、僕はしばらく窓辺のカウンター席に座って、お喋りに興じる二人を眺めていた。

記憶を失っても基本的な性格は変わらないのか、ひぐらしと浅野はあっという間に意気投合した。再会直後のよそよそしい空気はすっかり霧散して、浅野はいつもの調子で「休みの間にどっかに遊びに行こうよ！」と計画を立てる。ひぐらしと二人でどこかに行くのだろうと適当に相槌を打っていたら、「あんたも」と指をさされた。

「あんたも来て。あたしも彼氏連れてくるから、ダブルデートしよう。ね、エリもいいでしょ？」

デートという言葉にぎょっとして、僕は横目でひぐらしの反応を窺う。難色を示されるかと思ったが、ひぐらしは小さく笑って「いいですね」と頷いた。あれだけ他人と関わるのを避けていたのに、もうあの戒めは放棄したのだろうか。

店を出ると浅野は、「詳しいことはまたこっちから連絡するから！」と言い残して人混みの向こうに去っていった。

長いこと店に居座っていたおかげで、西の空には藍から茜のグラデーションがかかっている。駅に向かいながら、隣を歩くひぐらしにぼそりと尋ねた。

「本当に浅野と一緒に遊びに行くの？」

「ええ、浅野さんの彼氏さんと、貴方も一緒に」

「ダブルデートって言い方で正しかった？　僕まだ知人のままなんじゃゃ？」

歩きながらひぐらしが僕を見上げる。肯定も否定もなかったが、無言で微笑まれた。

これまでは滅多に表情を変えなかったひぐらしだから、唇の端を緩めるだけの笑みにもどきりとした。悔しいかな追撃の手が緩む。

駅に向かうひぐらしの歩調がゆっくりしたものになって、僕も歩幅を狭くした。

後ろから来る人たちにどんどん追い越されながら、ひぐらしはのんびりした口調で言う。

「賭けをしませんか？」

「どんな？」

「夏が終わっても、私が貴方を覚えていられるかどうか」

ひぐらしの横顔は穏やかだ。でも以前のように、無理に感情を押し殺しているようには見えない。

覚えてるに決まってる、と即答しようとして、言葉を呑んだ。

雨の夜、僕に激情をぶつけたひぐらしは敬語も忘れて本心を吐露した。けれど今はもう以前の口調に戻っている。服も制服のままで、学校名がわかるような校章はつけていない。

敬語は無個性の象徴なんだな、と今頃になって気がついた。制服も同じだ。誰の印象にも残らないよう、彼女は徹底して個を殺している。

今も僕に名前すら明かしてくれない。これ以上僕の中に彼女のデータが残らないように。

ひぐらしは、自分が記憶を失うことを疑っていないのだ。

隣を歩くひぐらしの唇には仄かな笑みが浮かんでいて、その横顔は未来を諦めたというより、地に足をつけて受け入れているように見えた。

彼女の覚悟に水を差すのもためらわれ、即答を避ける。

「もしも僕が賭けに勝ったら？」

「知人から彼氏に昇格です」

思いがけない成功報酬に足が止まりかけた。

「ちなみに私は忘れる方に賭けます」

「僕は必然的に覚えてる方に賭けるわけだ。忘れた場合は？」

「貴方も私を忘れて下さい」

笑いを含んだ柔らかな声で、随分と残酷なことを言う。

「それはちょっと、難しい」

「ではこの賭けはなしで。昇格の機会も永久に失われます」

「待った！　わかった、忘れた振りならする」

「振りでは意味がないので」

「最後まで聞いて。夏が終わるまで、僕は君の本名も連絡先も尋ねない。だから万が一君が記憶を失ってしまったら、それっきりだ」

ひぐらしは黙って僕の言葉に耳を傾ける。唇に、面白がるような笑みが浮かんだ。これは強引に話を進めた方がよさそうだと僕も語気を強めた。

「僕は君を忘れた振りをして、自分からは君を捜さない。でも、偶然どこかで君と会うことができたらそのときは声をかけるよ。君を忘れた振りをしたまま、初めましてって声をかける。これならいいだろ？」

ひぐらしは一瞬だけ思案気な顔をしたが、僕の必死な表情を見て笑みをこぼした。

「いいですよ、もしもそんな奇跡が起こるなら」

「よし、決まりだ」

「でも期待しない方がいいと思います。私は浅野さんにも連絡先を教えるつもりはありませんし、両親や周りの人間にも貴方のことは一切伝えません。私が貴方を忘れたら、貴方と私をつなぐ糸は完全に切れてしまう」

「いいよ、それでも」

どんなに分の悪い賭けだって可能性はゼロじゃない。何より彼女の方からこんな賭けを申し出てくれたのだ。彼女だって、少しは期待しているのではないか。

どちらに転んでも僕は彼女を諦めるつもりはなかったし、奇跡だって起きるかもしれない。穏やかに笑うひぐらしの横でそんなことを考えながら、僕らは駅までの道のりを惜しむようにゆっくりと歩き続けた。

八月も残すところ一週間を切った日曜日、浅野の発案で海へ行くことになった。待ち合わせ場所は先日夏祭りが行われた駅前。

最初に待ち合わせ場所にやって来たのは僕で、次は浅野だった。

同じ場所で約束をすっぽかされている僕は内心不安でたまらなかったが、ひぐらしはきちんと待ち合わせ場所に現れた。しかしこんなときまで制服を着てきたので、浅野に「修学旅行じゃないんだからさぁ！」と怒られていた。

最後にやって来たのは浅野の彼氏の芝浦さんだ。大学の二年生で、浅野とはバイト先で知り合ったらしい。わけのわからないダブルデートに巻き込まれたというのに楽しそうに笑っている。自己紹介のとき、ひぐらしがあからさまな偽名を名乗ったときも「わかった、ひぐらしさんね」と鷹揚に頷いただけだった。心が広い。

午前十時、四人で電車に乗り込んだ。海までの道のりは遠い。電車を乗り継ぎ片道二時間の道程だ。

移動中、ひぐらしと浅野は終始楽しそうにお喋りをしていた。浅野は今日もばっちりメイクをして、ミニスカートにピンクのTシャツと派手な服装だ。対するひぐらしはスカートの丈もろくに詰めていない。一見すると接点のなさそうな二人なのに、不思議と話題は途切れることなく続く。

もともと気の合う二人なのかもしれない。また友達になれてよかったな、と心底思ったし、このまま友達でい続けてほしいとも願わずにはいられない。

電車を乗り継ぎ、昼頃ようやく海辺の駅に着いた。

夏の盛りなので、海の最寄り駅はホームからしてもう人が多い。

これでからりと晴れていればまた気分も違っただろうが、空はあいにくの曇り模様だ。地元の駅を出たときは肌に刺さるような直射日光が降り注いでいたというのに。

とりあえずどこかで食事をしようという話になったが、すぐに入れる飲食店を探すだけでも一苦労だった。結局、地元にもあるチェーンレストランに並んで入り、普段と代わり映えのしない食事をして店を出る。

ようやく浜辺に出てみれば、こちらも人で一杯だった。端から泳ぐつもりもなかったけれど、波打ち際に近づくことすら難しそうだ。浜に並んだシートやパラソルを踏み分けて海に近づかなければならない。

海なんて遠くから眺められれば十分だと思うのだが、浅野とひぐらしはどうしても波打ち際まで行ってみたいらしい。

「僕はこの辺で適当に待ってるから、皆は行ってきていいよ」

浜の入り口で僕が手を振ると、すぐに芝浦さんが「俺も待ってる」と手を上げた。

「まさかあんたたち、ここまで来たのに海に触んないで帰るの?」

「海なんて遠くから眺めるだけで十分だろ」

僕が思っていたことをそのまま芝浦さんは口にした。意外とこの人とは気が合うかもしれない。

「じゃあいいよ。エリ、行こう」

浅野に手招きされ、ひぐらしも海に向かう。二人の後ろ姿を眺めていたら、隣で芝浦さんが笑った。

「海にセーラー服って目立つね」

浜にいるのはほとんどが水着姿の海水浴客だ。セーラー服で臆せず浜辺を歩くひぐらしには、あちこちから物珍しげな視線が飛んでくる。

「彼女、どこに行くにもあの格好なんですよ」

「そうなんだ。ひぐらしさんも果歩の友達？　君たちとは高校が違うみたいだけど」

人ごみに紛れがちな二人を目で追いながら、僕は曖昧に頷く。

もしかすると芝浦さんは、ひぐらしのことを『日暮エリ』という名前の人物だと思っているのかもしれない。あまりにひぐらしを呼ぶ口調が自然だ。

「そうですね、友達みたいですけど……」

「ずいぶん仲がいいけど、つき合い長いのかな」

これにはなんと答えるべきか悩んだ。浅野から見れば長いつき合いでも、ひぐらしから見ればごく短い。「僕もよくわかんないです」とどっちつかずな返事をするしかない。

僕たちが益体もない話をしている間に、二人はどんどん波打ち際へ近づいていく。ようやく波裾に到着したのか、浅野がこちらを向いて大きく手を振った。

「はしゃいでんなぁ」

苦笑交じりに呟いて、芝浦さんも同じくらい大きく手を振り返す。

浅野は素足にサンダルを履いた足で波を蹴り上げているようだ。ひぐらしは革の靴を履いているのでそれを見ているだけだが、笑っているのは雰囲気でわかる。

「この季節に果歩がはしゃいでるの、初めて見た」

しみじみとした口調で芝浦さんは言い、僕と顔を見合わせてくしゃりと笑った。

「と言っても、果歩と夏を迎えるのは今年が初めてなんだけど」

「もしかして、つき合って間もないんですか」

「そうでもないよ。去年の秋から」

基本的に浅野はテンションが高い。それはクラスメイトの僕も知っている。けれど夏が近づいてきた頃から、徐々に憂鬱そうな顔をすることが増えてきたという。

「ああいうタイプの子だから、夏休みなんて毎日遊び回ってるんじゃないかと思ったけどむしろ外に出たがらなくてさ。地元の夏祭りにも誘ったんだけど、全力で断られた」

ああ、と僕は溜息のような返事をする。夏祭りを断った理由は考えるまでもない。浅野にとっては触れたくない記憶だろう。

　何も知らない芝浦さんは、浅野を眺めてぽつりと呟く。

「夏休みに入ってからずっとそんな調子だったし、正直別れ話でも切り出されるのかと思ってたんだけど……。今度は急に海に行きたいとか言うし、よくわからんな」

「それは」

　理由があるのだ、と言いたかったが、説明するにはひぐらしの病のことから話さなければいけなくなる。僕は言葉を呑み込んで、「ないと思いますよ」と言うに留めた。なぜ、と言いたげな視線が飛んできて、適当にお茶を濁す。

「浅野、デートのときはメイクに気合入ってるんで」

　適当だけれど、嘘ではない。学校にいるとき、浅野は薄化粧をすることはおろか髪も結んでいないのだから。

　芝浦さんは短く「へぇ」と言っただけだったが、その横顔が少しだけ嬉しそうだったのでほっとした。波打ち際に視線を戻し、浅野、勘違いされてるぞ、と心の中から警告を送る。

　芝浦さんが言う通り、セーラー服で浜辺に立つひぐらしの姿は目立って見つけやすい。それに二人とも同じ場所から動こうとしないので、たまに海水浴客が二人の姿を隠しても、すぐに発見することができた。

頭上の雲は一層分厚くなって、空の色を映す海は鈍色《にびいろ》だ。

芝浦さんとぽつぽつ会話をしながら、代わり映えのない景色をぼんやり眺める。ひぐらしたちはまだ楽しそうに波打ち際で遊んでいる。浅野が波を蹴って、ひぐらしが飛沫から逃げて、二人で海の向こうを指さして。

そう思い込んでいたのに、一瞬目を離した隙に二人が向かい合って動かなくなっていることに気がついた。

二人は寄せては返す波など目もくれず、互いの顔を見て何か言い合っている。浅野が一方的にまくしたて、たまにひぐらしが口を挟んでいるようだ。

表情まではわからないが、浅野は身振り手振りを交えて必死で何か伝えようとしているらしい。対するひぐらしは棒立ちで、言葉少なに首を横に振るばかりだ。

ひぐらしが浅野に責められているようにも見える。喧嘩か。止めに入るか迷っていたら、頬にぽつりと雫が落ちた。

「雨だ」

空を見上げた芝浦さんの横で、僕は反対に足元を見る。白い砂浜に黒い水玉模様がぽつぽつとでき始めていた。

雨が降り始めても海水浴客に大きな動きはない。大半は水着姿だ。雨で濡れたところでどうということもないのだろう。

ひぐらしと浅野はさすがにこちらに戻ってくる。先を歩くのは浅野だ。大股で海水浴客の間を突っ切る。誰かのレジャーシートを多少踏んでも気に留めない。その後からついてくるひぐらしは慎重に物や人を避けるので、二人の距離は広がっていく一方だ。

浅野は僕の前を素通りすると、勢いよく芝浦さんの腕に抱きついた。

「雨降ってきちゃったから、どっかに入ってアイスでも食べようよ」

芝浦さんの腕に顔を埋め、くぐもった声で浅野が言う。口調は普段通りだったが、なんだか語尾が震えているように聞こえた。

「さっき昼飯食ったばっかだろ」と芝浦さんが呆れたように笑う。それでも食べたいと浅野が言い張るので、近くにアイスクリームの食べられる店はないか探すことになった。

ひぐらしも遅れて僕たちのもとへやって来る。芝浦さんの腕に顔を埋める浅野を気遣わしげに見ているが、何かあったのだろうか。

少し距離を置いて浅野たちの後ろを歩きながら、ひぐらしに小声で尋ねてみた。

「……浅野と何かあった？」

ひぐらしは何も言わず微かに笑う。遠目には一方的に浅野に責められているように見えたが、あまり消沈している様子はない。どちらかというと浅野の方が落ち込んでいるようだ。芝浦さんにしがみついてなかなか離れようとしない。

どうなることかと思ったが、十分ほど歩いてソフトクリームの店を見つける頃には浅野も普段の調子に戻り、ひぐらしと一緒にどの味にしようかと仲良く相談なんてしていた。

ソフトクリームを食べ終わってみれば、ぱらぱらと降っていた雨も止んで雲間から空が見え隠れしている。通り雨だったようだ。

ひぐらしと浅野の間を過った不穏な空気も、雨雲と一緒にどこかへ行ってしまったらしい。ついさっきまで芝浦さんにしがみついてひぐらしを振り返ろうともしなかったのが嘘のように、浅野はひぐらしの腕を摑んで土産物屋に突進していく。

喧嘩ではなかったのか。波打ち際で一体何を話していたのだろう。戻ってきた浅野は少し涙ぐんでいるように見えた。けれどひぐらしはさほど感情を波立たせていない。わけがわからなかった。

「女の子の友情って不思議だねぇ」

芝浦さんが僕の気持ちを代弁してくれる。

やっぱり、この人とは気が合うかもしれない。


土産物屋で買い物をした後は海沿いの道を歩き、目に留まった神社でお参りをして、ついでにおみくじも引いた。特に計画を立てて来たわけでもないので全て行き当たりばったりだ。

何が売られているのかよくわからない輸入雑貨店を冷やかし、ゲームセンターでクレーンゲームに興じ、駅に戻る途中で見つけたレトロな喫茶店で一休みして、最後に夕日に染まる海を眺めて地元に帰ることにした。

一時間ほど電車に揺られ、乗り換えのためホームに降りると、浅野と芝浦さんが僕らを振り返った。

「それじゃ、あたしたちここでいったん降りるから」

「え、帰らないの？」

「デートの続きしてから帰る。ねえ、今度は皆でプール行こうよ。海なんて見たら泳ぎたくなっちゃった」

浅野に誘われ、ひぐらしも楽しそうに頷く。浅野ははしゃいで飛び上がり、その場で来週の土曜にこの四人でプールに行くことが決定した。僕ら男性陣に口を挟む余地はない。

「じゃ、また来週」

改札に向かって歩きながら浅野が手を振る。芝浦さんも手を振って、僕らに背を向けた瞬間ごく自然に浅野と手をつないだ。

改札の向こうに消えていく二人を見送り、僕とひぐらしは顔を見合わせる。

「……僕らはこのまま、帰ろうか」

ひぐらしは僕を見上げ、束の間沈黙してから頷いた。

あれ、と首を傾げる。

今、一瞬落ちた沈黙の意味はなんだろう。もしやひぐらしももう少し遊んで帰りたかったのだろうか。でも外はもう暗いし、地元まで帰るには電車でまだ一時間近くかかる。そうでなくともひぐらしと僕の関係は非常に曖昧で、気楽に「僕らもどこかに寄っていこう」と誘っていいのかわからない。

互いに言葉もなくホームを歩く。足を止めるタイミングを見失い、人気《ひとけ》の少ないホームの端まで来てしまった。

電車を待ちながら、ひぐらしの横顔を盗み見る。

こうして見ると、ひぐらしは普通の女の子にしか見えない。土産物屋ではしゃぎ、浅野とアイスの味見をし合って笑う姿はクラスの女子と変わらず、ともすれば六年ごとに記憶を失う病に苦しめられていることを忘れてしまいそうだ。

本当に、彼女は僕を忘れてしまうのだろうか。

忘れたら、また最初からやり直すのか。

記憶を失った彼女は、どんな目で僕を見るのだろう。

線路を見下ろしていたひぐらしがこちらを向く。小首を傾げるひぐらしの口元に笑みが浮かんで、最初はこんなふうに笑いかけてなんてくれなかったな、と感慨深い気分になった。

曖昧ながら、僕らの仲は進展している。そんなことをふいに実感して、隣に立つひぐらしに左手を差し出した。

「手、つなぐ？」

ひぐらしは驚いたように目を見開いて、僕の手に視線を落とす。

少しでもためらうような顔をされたらすぐ引っ込めるつもりだったが、返ってきたのは悪戯っぽい笑みだった。

「普通、知人と手はつなぎませんよ」

嫌がっているわけではなさそうだったので、僕も安心して軽口を返す。

「友達とはつなぐよ」

「友達ですか、私たちは」

「知人以上彼氏未満なんだから、友達しかないじゃないか」

ひぐらしとの賭けに勝つまで、僕はひぐらしの彼氏を名乗れない。でもそんな賭けに乗ったくらいだから、ひぐらしだって僕を知人以上には思っているはずだ。半分期待を込めてそう言ってみれば、ひぐらしが小さく噴き出した。

「必死ですね」

「そりゃね。正直浅野と芝浦さんが羨ましかっ」

言葉が途中でぶつ切りになる。ひぐらしが僕の左手を掴んできたからだ。

「いいですよ。友達ですから」

笑いながらひぐらしが前を向く。表情こそ、手をつなぐことくらいどうということもない、と言いたげだったが、目を伏せた目元が少しだけ赤くなっていた。

僕は自分の目の周りも赤くなっていくのを自覚しながら、勇気を出してひぐらしの手を握り返した。

ホームに電車が滑り込んで、手をつないだまま車内に入る。

最後尾の車両からは無人の運転席が見えた。運転席と車両を仕切るガラスに凭れ、後方に流れていく景色を二人して眺める。

電車はそこそこ空《す》いていて、座ろうと思えばいくらでもシートはあいていたけれど、僕たちはずっと運転席から夜の景色を見ていた。座るタイミングで互いの手が離れてしまうのを嫌がったのが、僕だけでなければいいと切に願う。

「……忘れたくないです」

緩いカーブに差し掛かり、ひぐらしの体が僕の方に傾いでくる。肩の辺りにひぐらしの髪が触れ、そのタイミングで彼女はぽつりと呟いた。

鼻先を過った甘やかな香りにどきりとしたのは一瞬で、短い言葉に冷や水を浴びせられた。

ひぐらしが、初めて自分から忘れたくないと言った。これまでは忘れるのが当然とばかり諦めた顔をしていたのに。一体どんな顔でそんな言葉を口にしたのかと慌てて目を向ければ、意外にもひぐらしは穏やかな顔で笑っていた。

悲嘆にくれたような表情を浮かべていなかったことにひとまずほっとしたものの、こういうときになんと返すのが正解なのかわからない。根拠もなく大丈夫だと言ってしまっていいものだろうか。

病を持つ人に、そうでない自分がどう声をかければいいのか悩む。当事者にはなれないだけに、浅はかなことを言うのはためらわれた。

悩んだ末に、そうだね、と柔らかく肯定した。僕だってひぐらしに忘れてほしくない。つないだ手を握り返す。

「でも万が一そうなったとしても、全部忘れるわけじゃないんだよね？　そろばんとか、編み込みのやり方は覚えてたし」

ひぐらしは口元に笑みを浮かべたまま、そうですね、と頷いた。

「それに、匂いも記憶に残るんです」

「たとえば？」

ひぐらしは僕とつないでいない方の手を上げると、指先で何かを弾く仕草をした。

「こうしてそろばんを弾いていると、石油ストーブの匂いを思い出します」

「なんでストーブ？」

「私も不思議だったんですが、今日浅野さんとお喋りをしてわかりました」

浅野によると、ひぐらしたちが通っていたそろばん教室は、小学校の教員をしていたという老齢の女性が自宅で開いていたそうだ。広い和室に長方形の座卓を並べ、子供たちはそこにそろばんを置いて稽古をしていた。その和室の隅に、石油ストーブが置かれていたらしい。

寒い冬、子供たちは土間のある玄関で靴を脱ぐ。冷え切った廊下を踏んで奥へ進み、襖《ふすま》を開ければ温かな空気と石油ストーブの匂いが溢れ出す。

そろばん教室に通った記憶のないひぐらしは、当然教室の隅に石油ストーブが置かれていたことも覚えていない。けれど匂いは覚えている。そろばんを弾く仕草をすれば、真夏でも石油の燃える匂いが蘇った。

「それから、編み込みをしていると甘い香りを思い出します。これもなんだろうとずっと思っていたんですが、浅野さんと会ってわかりました。彼女、いつも飴やガムを食べているでしょう?」

「そうみたいだね。僕も青リンゴのガムをもらったことあるよ」

「昔から好きだったみたいです、リンゴ味の飴やガムが。私と夏祭りに行ったときも、最後にリンゴ飴を買おうとしてたみたいですしね。編み込みの練習をしていたときも、浅野さんはリンゴの香りがする飴やガムを食べていたのかもしれません」

そんなふうに、ひぐらしの中では記憶と匂いが強く結びついているらしい。

「だったら、泳いでいると塩素の匂いでも思い出すのかな？」

「そうですね。海で泳いでいても塩素の匂いを感じてしまうかもしれません」

「逆上がりは？」

「火薬の匂いがするのでは？」

逆上がりの練習をしたのは花火大会があった日だ。火薬の匂いはほんの微かにしか感じなかったが、花火を背に逆上がりをするのはなかなかない経験だし、印象的な出来事なのであり得るかもしれない。

「じゃあ、自転車に乗ったときはどんな匂いがするだろうね」

サイクリングコースで練習をしたときは特に印象に残る匂いなどしなかった。その前後で嗅いだ匂いが残ったりしないかな、などと思っていたら、ひぐらしが小さく笑った。

「匂いなんて感じてる暇ありませんでした」

「そうか、君真剣だったもんね」

「貴方の後ろに乗せてもらって、坂道で振り落とされないように必死でしたから」

「ええ？　なんで――」

なんで公園で練習したときのことを言わないの、と続けようとして、声が途切れた。

夜道の二人乗りを思い出しているのか、ひぐらしはまだくすくすと笑っている。

僕は口元に残った笑みを消してしまわぬよう、細心の注意を払って尋ねた。

「……あれから君は、自転車の練習とかしてないの？」

まさかと思いながら返答を待つ。緊張した面持ちをひた隠す僕の前で、ひぐらしは微塵の躊躇もなく頷いてみせた。

「ええ、自転車に乗ったのはあれが最初で最後です」

「……そう」

「そのうち自転車の練習にもつき合ってくださいね」

僕は唇を結び、声を出さずに頷いた。多分今、口を開いたら無様なくらい声が震えてしまう。

ひぐらしは、公園で自転車の練習をしたことを忘れている。でも彼女の前に自転車を出せば、よろけながらも直進するだろう。そのことに本人も驚くかもしれない。練習をした記憶はないのに、自転車に乗れるようになっているのだから。

こうやって、技術的な記憶は残っても、それにまつわる記憶は抜け落ちていくのか。

初めて彼女の病を目の当たりにした気がした。

互いに共有していた記憶や経験が緩やかに失われていく。ショックを受けるのは周りにいる人間だけで、当のひぐらしは自分の変化に気づかない。まだ残っている記憶を思い出し、楽しそうに笑っている。

もしかすると、僕が思っている以上にひぐらしはもうたくさんのことを忘れてしまっているのかもしれない。夏祭りの約束をすっぽかされてから、すでに半月近く経過している。先触れはもう始まっているのだ。彼女の病は進行している。

肺腑の底からせり上がってくる不安を、無理やり腹の底まで押し返した。

ここで僕が心許ない顔をしてどうする。本当に怖いのはひぐらしだ。少しずつ記憶を失っていった先に真の喪失があるのなら、せめてその瞬間までは心穏やかでいてほしい。

「僕も香水でもつけようか？」

わざとおどけた調子で尋ねてみる。でも半分は切実な気持ちから出た言葉だった。そうでもしなければ彼女の記憶に僕が残らないかもしれない。

ひぐらしはこちらに体を向けると、右から、左から、正面から僕を見て笑った。

「貴方はプールの匂いがする」

意外な言葉にぎょっとして、腕を鼻先に押しつけてしまった。けれど感じるのはシャツの袖から漂う仄かな柔軟剤の匂いだけだ。

「プールの匂いって、塩素の匂いってこと？」

「プールの水の匂いだけじゃなくて、プールサイドの匂いも含めて。薄暗い通路を抜けて、広いプールに出た瞬間の匂いです。温かくて、わくわくする匂い」

ああ、と僕は溜息のような声を漏らす。

なんとなくわかる気がした。プールは独特の匂いがする。塩素の匂いはもちろん、ビート板のビニールっぽい匂いに、日差しで温められたコンクリートの匂い。湿度と温度の高い空気には、たくさんの匂いがついている。あれら全てを含めて僕の匂いだと思っているのか。

そういえば、ひぐらしは僕がプールの監視台にいたときからこちらを認識していた。彼女にとって僕は、プールサイドに積み上げられたビート板や、天井からぶら下がる黄色と青のフラッグのような、プールの一部に近い存在なのかもしれない。

「そっか、プールの匂いか」

呟いて、僕はひぐらしの手を少し強く握る。

他愛のない会話の途中、こうしてひぐらしは僕を見て笑ってくれるのに、確実に彼女の中から失われている記憶がある。

この会話も、いつか思い出せなくなる日が来るのだろうか。僕にそれを止める術はない。できるのは、こうやって彼女の横で当たり前に笑っていることだけだ。

ひぐらしの中から僕の記憶がこぼれて消えていくことなんて気づいてもいない顔で、彼女の不安を煽《あお》ってしまわぬように。

彼女自身の力で忘却を踏みとどまってくれるよう、祈ることしかできない。

「夏の終わりっていつかな」

電車の揺れに身をゆだね、ことさらのんびりとした声で尋ねてみる。

夏の終わりまでひぐらしが僕を覚えていたら、僕は賭けに勝ってひぐらしの彼氏に昇格する。きちんとその日を決めておきたかったのは、一日も早くひぐらしの本名や連絡先を知りたかったからだ。

　ひぐらしが僕を忘れてしまっても、僕から会いに行けば問題ない。友達には教えてくれなくても、さすがに彼氏相手なら教えてくれるだろう。

　僕が必死で隠している焦燥に気づいているのかいないのか、ひぐらしもそっと僕の手を握り返してきた。

「暦には関係なく、夏休みが終わったら夏が終わった気分になりますね」

「じゃあ、九月になったらちゃんと名前を教えてね」

　ひぐらしが顔を上げて僕を見る。まっすぐに見詰められると、無理やり顔に貼りつけた笑顔がはがれてしまいそうで怖い。

　ひぐらしは僕の言葉に応えず、目元に優しい笑みを浮かべた。

「きっと貴方は、泣くと思う」

　電車がゆっくりと減速する。同じ速度で、僕はひぐらしの手を握る指に力を込める。力の加減ができない。きっと痛いくらい強く握ってしまったと思うのに、ひぐらしは僕の手を振り払うでもなく、穏やかな笑顔を崩そうとはしなかった。

浅野たちとダブルデートをした翌日も、僕は市民プールでひぐらしと会った。

夏休みが終わるまでラスト一週間。ひぐらしの記憶が欠け始めたことを実感した僕は、連日祈るような気持ちでひぐらしの到着を待つようになった。

もしかすると、今日こそひぐらしは来ないかもしれない。僕との約束を忘れて。あるいは高熱で意識を失って。

ロビーのソファーに腰かけて落ち着かない気分でひぐらしを待つ。入り口の扉が開くたびに顔を上げ、その向こうから制服を着たひぐらしがやって来ると心底ほっとした。

週の半ばに浅野から連絡があり、土曜日は何時頃待ち合わせをするか尋ねられた。どこのプールに行きたいか、要望があればそれも教えてほしいという。

「市民プールでいいのかな。ここ))とか」

ロビーのソファーに腰かけて、浅野から届いたメッセージをひぐらしに見せる。

「いいんじゃないでしょうか。というか、そちらの方がありがたいですね。今月は思いがけず外出が増えたので、あまり手持ちがないんです」

確かに、と僕も苦笑する。

例年は部活で忙しくて友達と遊びに行く暇もほとんどなかったが、今年はひぐらしと一緒にいろいろと出歩いた。市民プールだって何回来ただろう。一時間の使用料は大したこともないが、チリも積もればというやつだ。

「この前は海にも行ったしね。電車賃が地味に痛い出費だった」

「片道二時間ですからね」

「国営公園も入場料は安いんだけど――」

　溜息交じりに言いかけて言葉を切る。ひぐらしは国営公園で自転車の練習をしたことを覚えていない。

　幸い、呟くような声はロビーの雑音に紛れてよく聞こえなかったらしい。ひぐらしが不思議そうにこちらを見る。

「……襟、曲がってるよ」

　ごまかすようにセーラー服の襟を指さした。実際少しだけ肩からずれている。自分では見えないのか覚束《おぼつか》ない手つきで襟を直そうとするひぐらしを手伝い、話題を変えた。

「明日は私服で来なよ。近くの公園で逆上がりの練習しよう」

「逆上がりならもうできますよ」

　ひぐらしがそう言い返してくれてほっとする。こちらの記憶はまだ残っているようだ。

「ブランクがあるとできなくなっちゃうかもよ？」

「日中に鉄棒なんて握ったら火傷します」

「じゃあ日が落ちるまでは図書館にいよう。そろそろ夏休みの宿題も片づけないといけないし。鉄棒の練習が終わったら、コンビニでアイスでも買って食べようよ」

アイスという言葉に惹かれたのか、ひぐらしも「わかりました」と頷いてくれた。

その日はプールで軽く泳いで別れた。帰り際に明日の予定を確認して家路につく。ひぐらしはいつもと変わらぬ態度で僕に会釈を返してくれて、だから完全に油断していた。

翌日。

いつものように市民プールのロビーでひぐらしを待っていた僕は、現れたひぐらしを見て目を疑った。前日約束したにもかかわらず、ひぐらしが制服を着てきたからだ。

指先が冷える。普段通り振る舞わなければと思うのに、声をかけるのも忘れてひぐらしを見詰めてしまう。

昨日の約束を忘れてしまったのだろうか。でもこの程度のうっかりなら誰にでも起こり得る。冷たくなった指先を握りしめ、ひぐらしに今日の予定を確認した。

「今日……図書館に行った後、公園で逆上がりの練習しようと思ってたんだけど」

ひぐらしが、あっ、と小さな声を上げてくれればいいと思った。そうでした、ごめんなさいと慌てて言ってくれればそれでよかった。

けれどひぐらしは僕を見て、慌てるどころかおかしそうに笑う。

「それならせめて事前に言ってくれないと。この格好じゃ逆上がりなんてできません」

顔を歪めてしまいそうになり、とっさにソファーの背もたれに後ろ頭を押しつけた。ひぐらしに顔を見せないよう天井を見上げて笑う。

「そうだよね。急にごめん」

「明日は鉄棒の練習をしましょうか？」

「いや、いいんだ。……いいんだよ」

天井から降り注ぐ照明が眩しくて目が眩む。視界が霞んで、落ち込むにはまだ早いだろうと素早く瞬きをした。

「ひぐらし……明後日の予定、覚えてる？」

明後日は土曜日で、浅野と芝浦さんと四人でこの市民プールに集まることになっている。天井を見たまま息を詰めて返事を待っていると、目の端でひぐらしが頷いた。

「覚えてますよ。浅野さんたちもここに来るんですよね？」

ほっとして全身が弛緩した。よかった。まだ覚えていた。

明後日、八月の最終日。この日が過ぎれば夏休みも終わる。実際は九月一日は日曜で、学校はまだ休みなのだが、夏休み自体は八月一杯だ。

ひぐらしが記憶を保ったまま九月に入れば賭けに勝つ。彼女の本当の名前を教えてもらえる。そうすれば、待つばかりではなく僕からひぐらしに会いに行けるようになる。

体を起こした僕を見るひぐらしの目には親しみがこもっている。この目が他人を見るように僕を見るなんて実感がわかない。もしかすると、少し記憶が曖昧になるだけでひぐらしは僕のことを忘れないのではないかとすら思う。

どちらにしろあと数日だ。

夏休みの終わりを指折り数えて待つ日が来るなんて夢にも思わなかった。

その日、僕らは図書館に行った。帰り際、ひぐらしの方から「明日は鉄棒の練習をしましょうか」と言い出した。でも翌日、ひぐらしはまたしても制服で市民プールに現れた。前日の僕との会話は忘れているようだ。

まだ大丈夫だ、と僕は自分に言い聞かせる。こうして僕と会いにプールまで来てくれているのだから、まだ互いをつなぐ細い糸は切れていない。

さらにその翌日、プールに浅野と芝浦さんがやって来た。

「いよいよ夏休みが終わっちゃうよ」と浅野は心底憂鬱そうな顔で言った。大学生の芝浦さんはまだしばらく休みが続くようで、苦笑交じりに浅野を宥めている。

僕は二人の会話を上の空で聞きながら、ずっとロビーの入り口を見ていた。その向こうから、制服を着たひぐらしが現れるのをひたすらに待ちながら。


八月三十一日、長い夏休みの終わり。

市民プールが閉館する時間まで待ち続けても、ひぐらしがその場に現れることはなかった。

気がつけば、セミの声が途切れていた。

うだるような暑さは九月に入っても居座っていたが、朝夕に吹く風に涼しさを感じられるようになると、あっという間に秋が訪れる。

夏に青々と茂っていた木の葉が色づいて落ちる。足元の落ち葉に気がつく頃には秋が去り、吹きつける風が凍えるほどに冷たくなった。

季節はびっくりするほど早く目の前を通り過ぎていく。

大学生活が目前に迫り、年末の慌ただしさに忙殺されているうちに年が明け、気がつけば一年で一番寒い時期の到来だ。成人式の日は取り分け寒く、雪がちらつくことも多い。地元では今年も式の日に雪が舞った。

冬休みも終わり、僕はいつものように水泳バッグを持って登校する。普通の高校なら、この時期の三年生は受験で忙しくほとんど登校しなくていいそうだが、うちは外部受験をする生徒以外、卒業式直前まできちんと授業がある。

授業を終え、教室を出ようとすると浅野に呼び止められた。今日も甘い匂いのするガムを噛んで、ちょっと、と僕を手招きする。

コートを着て、オレンジ色のマフラーに顔を埋めた浅野に促されるまま、いつかのように二人して非常階段へ出た。

「さっむい」

外に出るなり、浅野は白い息を吐きながら言う。

「寒いなら教室で話せばいいのに」

「いいの、すぐ終わるから」

コートのポケットに手を突っ込み、浅野は僕の水泳バッグをちらりと見た。

「まだあの市民プールに通ってんの？」

「うん。水泳部はもう引退しちゃったし、今はあそこでしか泳げないから。大学でまた水泳やりたいしね」

ふぅん、と興味なさそうに呟いたものの、浅野の目は水泳バッグから離れない。

夏が終わってから、僕はほぼ毎日学校帰りに市民プールへ通っていた。だから季節外れでも水泳バッグを持って登校する。

秋口までは「まだ泳いでんの？」と声をかけられることもあったが、今やすっかり見慣れた光景になってしまったのか、僕の水泳バッグに言及する者はほとんどいない。

浅野は水泳バッグから目を逸らすと、「まだ諦めてないんだ」と低い声で言った。

「あのプールくらいしかエリとの接点ないんでしょ？　いつまで諦めずに通い続けるつもり？」

僕は片方の眉を上げ、いかにも不思議そうな表情を作って尋ねた。

「エリって誰？」

何か言いかけていた浅野がぎょっとしたように口をつぐむ。しかしすぐに何か思い出した顔になって、ああ、と気の抜けた声を漏らした。

「そういえば、賭けに負けたらエリのこと忘れるってあの子と約束してたんだっけ？」

僕は黙ってにっこりと笑う。

八月の最終日、浅野たちと市民プールで待ち合わせをした日、ひぐらしはその場に現れなかった。

僕は泣きそうな顔をする浅野にひぐらしとした賭けの話をして、明日以降ひぐらしのことは忘れると告げた。そして浅野と芝浦さんが帰った後も、夜が更けるまでプールの前で彼女を待った。

日付が変わるまで待ったがひぐらしは現れず、僕は賭けに負けたことを認めた。それ以来、浅野の前でひぐらしの話題を出したことはない。

浅野もこれまでひぐらしの話を持ち出さなかったが、それは僕たちの賭けとは関係なく、再三ひぐらしに忘れられたことを浅野自身まだ上手く受け止めきれていなかったからだろう。賭けのことなど半分忘れていたらしかった。

律儀にひぐらしとの約束を守っている僕に、浅野は呆れたような目を向けた。

「まあいいや、面倒くさいから適当に話を合わせてよ」

「わかった。知らない人の名前が出てきても適当に返事をしておく」

ふん、と鼻から息を吐いて、浅野は手すりに寄りかかった。

「あんたがもう一度エリと会えるかどうかは知らないけど、あたしはもうエリとは会わない。たとえあんたがあの子を見つけられても。それだけ伝えておこうと思って」

地上から、こーんと長閑な音がする。ラケットでボールを打つ音だ。テニスコートでテニス部員たちが部活をしているらしい。

軽やかに球を打つテニス部員を見下ろす浅野は、きっぱりとした顔をしている。横顔に迷うような表情は見受けられず、もうすっかり決心は固まっているらしい。

背後に立つ僕を振り返り、浅野はちらりと笑みをこぼした。

「薄情だって思う?」

「思わない。今日までかかってやっと出した結論だろ?」

本当に薄情な人間なら、ひぐらしが待ち合わせ場所に現れなかった時点で彼女との関係など断ち切ってしまうはずだ。夏から今日まで、季節が二つも動いてしまうくらい長い間考えて出した答えだ。僕が非難する理由もない。

浅野は微かに浮かべていた笑みを一瞬で消すと、なぜか怒ったような表情になって僕から顔を背けた。

「あんたはこの先何度忘れられても、またあの子を捜すの？」

僕は少し考えてから、うん、と頷く。

そう簡単に諦めることなどできない。それができたら僕だって、夏の終わりと同時にプール通いなどやめている。

強い風が吹いて、浅野は乱れた髪を忌々《いまいま》しげに掻き上げた。

「あのさぁ、あんたのその根性は凄いと思うけど、エリはそれを喜ぶかな」

「喜ばれなくても、嫌がられなければそれでいいよ」

「嫌がられるかもしれないでしょ。ちょっと考えてよ。自分の知らない自分を知ってる相手と一緒にいるのって、エリにとっては辛いんじゃない？　あのときの君はああだった、こうだった、とか言われても他人の話を聞いてるみたいで、見知らぬ人と比較されてるみたいで……」

最初こそ勢いのあった浅野の声が、後半にいくにつれ萎み始めた。そのまま両手で顔を覆ってしまったので、何事かと浅野の顔を覗き込む。

「どうしたの、何かあった？」

「……あった。最後にエリと会ったとき、またやらかした」

「最後って、海に行ったとき?」

浅野は顔を覆う手を下にずらし、指の隙間から大きな目を覗かせた。

「あのときさ、思ったよりエリと話が弾んで、ちょっと期待したんだよね。もしかしたらエリ、少しくらいあたしのこと覚えてるんじゃないかって。昔のこと喋ってるうちに何か思い出してくれるかもしれないって」

だから波打ち際でひぐらしと二人きりになったとき、浅野はしきりに小学生時代の話題をひぐらしに振ってみたそうだ。

二人で通っていたそろばん教室、教室の隅にあった石油ストーブ。クラブ活動は二人して料理クラブ。修学旅行も同じ班になって、途中で男子とはぐれて迷子になった。

楽しかった記憶を浅野は次々ひぐらしに語り聞かせる。もしかしたら思い出してくれるんじゃないか、少しくらい覚えていることがあるんじゃないかと期待して。

遠出をして海に来ていた浅野は、それだけでも大分浮かれていた。記憶を失っても以前と変わらずひぐらしとは気が合うし、遠くから芝浦さんも見守ってくれている。

だから、ひぐらしの表情に気づくまでに時間がかかった。

波打ち際で、ひぐらしは困ったように笑って立ち尽くしていた。

そのときの表情を思い出したのか、浅野は肺を絞って出したような息を吐く。

「あの顔を見たとき、ああ、本当にエリは全部忘れちゃったんだなって思った」

すぐにそのことを受け入れてしまえばよかったのに、つい意地になって他にも過去の思い出話を語った。けれどひぐらしの表情は変わらない。わからない、と言いたげに首を横に振られ、波に足をさらわれそうになった。

「あのときさ、あたし多分凄くがっかりした顔しちゃったんだと思う。自分ではそんなつもりなかったんだけど。エリを責めるつもりもなかったんだけど。でもエリはそういうのに敏感だから、申し訳なさそうな顔して、ごめんねって謝ってきた」

波が引いて、体がぐらりと傾くようだった。

勝手に期待して、勝手に落胆して、挙句ひぐらしに謝らせてしまった。ひぐらしだって好きで忘れたわけではないのに。

ひぐらしを傷つけてしまったことに気づいたら泣けてきて、それで波打ち際から戻ってきた浅野は様子がおかしかったらしい。自己嫌悪に陥って芝浦さんの腕に顔を埋めていたが、ここで自分が落ち込んでいたらまたひぐらしに気を遣わせてしまうと、必死でいつもの調子に戻したそうだ。

こーん、こーんと、テニスボールを打ち合う単調な音がここまで響く。浅野は口元に指を添え、その隙間から白い息を吐いた。

「あたしはきっと、何度でも期待しちゃう。あの子が少しくらい覚えてるんじゃないかって。覚えてなければいちいち傷つくし、それを上手く隠せないからあの子のことも傷つける。だからもう、会わない」

　声は決然としている。浅野は本気だ。

　テニスコートでひときわ高くボールが跳ねた。

　動くものを目で追ってしまうのは動物の習性に近い。ボールの軌跡を僕と一緒に追いかけて、浅野は空に放り投げるようなぞんざいさで言った。

「神様なんていないもん。奇跡だって起きない」

　僕はコートに落ちていくボールを見下ろし、そうだね、と呟く。

　浅野の言う通りだ。

　半年以上市民プールに通い続けているが、ひぐらしは一度も姿を見せない。期待するだけ無駄なのはわかっている。浅野は捨て鉢になっているわけではなく、ただ本当のことを言っているだけだ。

　ひぐらしは、何度だって僕らのことを忘れてしまう。

「だったら僕は、六年ごとに『初めまして』って言うよ」

　浅野の声に負けぬよう、腹に力を込めて言い返した。

　浅野の言葉がどれほど正しくとも、僕はひぐらしを諦めたくなかった。

　忘れた振りはしても、本当に忘れることはできない。偶然でも奇跡でも、もう一度ひぐらしに会えたらまた最初からやり直すのだ。他人から知人になって、やがて友達になれるように。

　さすがに格好をつけすぎたかと思ったが、浅野はむしろ呆れた顔で僕を見ていた。

「あたし体育会系の人間ってよくわかんないんだけど、皆そうなの？　根性あり過ぎて怖い」

「それは偏見だと思う」

　どうかなぁ、と肩をすくめ、浅野は手すりから身を離した。

「でも、それだけ覚悟があるならひとつだけいいこと教えてあげる。あたしあの子のことずっと『エリ』って呼んでたでしょ？　でもあれ、あの子の名前じゃないよ」

　いいこと、と聞いて若干期待していた僕は、肩透かしどころか強烈なカウンターパンチを食らった気分で息を呑んだ。両目を見開く僕を見て、浅野は「やっぱり勘違いしてたでしょ」とおかしそうに笑う。

　エリというのは、ひぐらしのあだ名らしい。小学生の頃、ひぐらしはいつもブラウスの襟を裏返して着ていて、皆から「襟、襟！」と指摘されるうちにあだ名が『エリ』になったそうだ。言われてみれば確かに、僕も一度ならずひぐらしの襟元が乱れているのを目撃している。

　絶句する僕を見て、浅野は忍び笑いを漏らした。

「あの子にも聞かれたの。どうして自分のことをエリって呼ぶの？　って。本名とは掠ってもないから不思議だったんでしょ。あんたも、エリコとかエリカって名前の女の子探して、無駄足踏んでたら可哀想だから。あと、あんたあの子のこと『ひぐらし』って呼んでたけど、あれも全然本名に掠ってないから」

満足に返事もできない僕を後目に、浅野は非常階段を後にする。

「それじゃあ、奇跡が起きるのを祈ってる」と言い残して。

浅野と別れた後、僕はまっすぐ市民プールへ向かった。

プールは年中開いているが、真冬の今はさすがに利用客も少ない。

人気のない更衣室で水着に着替えながら、ひぐらしは徹底的に自分の痕跡を残さずいなくなったのだな、と改めて痛感した。

エリ、という名前から彼女を探し出せると思っていたわけもないが、それぐらいしかひぐらしが残した手がかりはないと思っていたのも事実だ。唯一と信じていたものが呆気なく消えてしまった。

水着に着替え、薄暗く湿った通路を歩いてプールに向かう。途中でシャワーを浴び、真上から眩しい照明が降り注ぐプールサイドに出た。

真冬でも蒸し暑いくらいの空気に混じる、塩素と発泡スチロールとコンクリートの匂い。

この匂いをひぐらしはまだ覚えているだろうか。人の少ないプールをぐるりと見回してみるが、ひぐらしと思しき姿は見受けられない。

水に入り、体を慣らすつもりでゆっくりクロールを泳ぐ。二十五メートルを泳ぎきり、プールの壁にタッチして方向転換した。僕の他には歩行者コースをのんびり歩くお年寄りと、競泳コースを黙々と泳ぐ人が数名いるだけで、夏とは比較にならないほどの静けさがプール一杯に満ちている。

ゆっくり、着実に腕を回して進みながら、夏の終わりと共に本当にひぐらしは姿を消してしまったな、と思った。

彼女と一緒にいるときは、正直病気のことは半信半疑だった。だって彼女の立ち居振舞いはあまりに普通だった。大きな病を患っているようには見えず、多少物忘れが増えても、言動が著しく乱れるようなことは一度もなかった。

ひぐらしの病気は国内の医師からもほとんど認知されていないくらい珍しく、教えてもらった病名をインターネットで検索してもろくな情報は得られなかった。

だから実感もわかなかったのだ。定期的に記憶を失う病気なんて現実離れしている。六年周期で記憶を失うというのも目安程度にしか考えていなかった。人間の体は機械ではないのだから、多少のずれくらいあるだろう。少なくとも夏の間はもつかもしれない。あるいは今年一杯は。そんな楽観的な部分もあった。

そして、ひぐらしは何を忘れても僕のことだけは覚えていてくれるのではないかという自惚れも、確かにあった。

再び壁にタッチして、僕は休まず泳ぎ続ける。人が少ないので自由コースで泳いでいても誰にも邪魔されることはない。それどころか前方に人影がなくなる瞬間もあって、なんだか広いプールをひとりきりで泳いでいるような気分になった。

ひぐらしが姿を消して、もう半年。こうして待っていても彼女は一向に現れないし、こちらから探し出す当てもない。住所も名前もわからない。唯一の手掛かりは手掛かりでないこともわかってしまった。

水の中、ごぼっと口から息が漏れた。視界が白い泡で覆われる。泳ぎながら、初めてもう駄目かもしれないと思った。

僕にできるのはこうしてプールに通うことだけだ。それだって開館から閉館までいられるわけではないし、毎日通うことすらできていない。奇跡的にひぐらしがこの場所を訪れたとしても、偶然その場に居合わせる確率はどの程度だろう。

天文学的な奇跡を手繰り寄せて彼女ともう一度会えたとしても、六年ごとにこんなことを繰り返すのだ。再会するたびひぐらしが僕に心を開いてくれるという保証はなく、次に会えたときだってすんなり名前を教えてくれるとは限らない。初対面での受け答えを失敗すれば、知人にすらなれない可能性だってある。

考えるだけでみぞおちの辺りが硬くなった。息を吐き過ぎてしまったせいか、プールの底に引っ張られるように体が沈む。

ひぐらしは生涯何度記憶を失うことになるのだろう。彼女が記憶を失う時期に居合わせるのはまだ一回目だが、初回からこれだけ精神的にやられるのだ。三回目にして「もう会わない」と宣言した浅野の気持ちも痛いほどわかる。

力一杯水を掻いて水面に上がる。水を飲みながら息継ぎをして、浅野は未来の自分の姿なのかもしれないと思った。

僕もいつか、きっぱりと前を見て「ひぐらしとはもう会わない」と言う日が来てしまうのだろうか。彼女のことは諦めるしかないのだと悟ってしまう日が来るのか。そんな日は来ないと信じたいけれど、こうしてひとりで泳いでいると不安になる。

プールを何往復もしながら、せめてひぐらしと過ごした時間を忘れぬよう夏の景色を反芻する。

どのシーンも煩いくらいにセミが鳴いている。実際はセミの声が聞こえない瞬間だってあったはずなのに、あまりにもセミの声の印象が強い。初めて言葉を交わしたときも、雨上がりの停留所にはヒグラシの声が響き渡っていた。

あのとき一斉にヒグラシが鳴き始めなければ、彼女もひぐらしとは名乗らなかっただろうか。

ただの偽名だが、不思議とひぐらしに似合っていた。聞きようによっては苗字ともとれる。芝浦さんは完全にひぐらしを「日暮さん」だと思い込んでいた。

あの四人で海に行ったこともあったな、と思い出し、僕は前触れもなくプールの真ん中で足をついた。上半身がざばりと水から出て、僕を中心に大きな波紋ができる。

顎や胸から水が落ち、同じ速度で記憶が過去へと流れていく。

海からの帰り、電車の中でひぐらしと二人きりになったとき、僕は「九月になったら名前を教えてね」と言った。

あのときひぐらしが返した言葉が、ふいに胸の中心を貫いた。

『きっと貴方は、泣くと思う』

ひぐらしが浮かべていた優しい笑顔まで思い出して、ゴーグルの内側が一瞬で曇った。

あの日、波打ち際で浅野とひぐらしが交わした会話を想像してみる。

浅野はひぐらしに自分のことを思い出してもらおうと必死になっただろうし、ひぐらしはどれだけ耳を傾けてみても思い出せることがひとつもないことに申し訳なさを覚えただろう。

ひぐらしの反応を見て浅野が落胆するのも無理はない。僕だって今ひぐらしに会ったら、同じことをしてしまいかねない。

そして浅野の反応を見たひぐらしは、いつか僕も浅野と同じように期待して、落胆して、やがて離れて行ってしまうことを予期したのだ。

僕の前で初めて、忘れたくない、と言った。

あんなにも穏やかな顔で、ひぐらしは一体何を思っていたのだろう。

プールの真ん中で長いこと立ち尽くしてから、僕は再び水に潜ってクロールで泳ぎ始めた。今度は肩慣らしなんかじゃない、全力のクロールだ。

がむしゃらに水を蹴り、指先で水を掻き分けて、水の中で僕は、少しだけ泣いた。


二時間ほど泳いでプールを上がり、着替えてロビーから外に出た。

駐輪場には向かわず、施設の周囲を囲む植え込みに腰を下ろす。泳ぎ終わったらこうしてしばらく外で時間を潰して帰るのが習慣になっていた。ロビーにいてもいいのだが、たまたまひぐらしがプールの前を通りかかったとき、万が一にも見落としてしまっては困る。

まだ湿り気の残る髪を片手で撫で回すと、周囲に仄かな塩素の匂いが広がった。小学生の頃から嗅ぎ慣れた匂いだ。水から上がったばかりの疲労感も心地いい。

星の瞬く冬空を見上げ、彼女と初めて会った場所がプールで良かった、と心底思った。

プールサイドには自分の成功体験が強く残っている。

父親に連れてきてもらった市民プールで初めて二十五メートルを泳いだ。小学生の頃、クラスの誰より速く泳げる僕はヒーローだった。中学の水泳大会では金メダルを取った。

いつだって、あのときの「できた！」「やった！」が僕の背中を押す。

だから大丈夫だ。今回だって上手くいく。大丈夫、できる。待てる。ひぐらしにだっていつか会える。

この場所でなければ、こんなに長く彼女を待つことなどできなかったかもしれない。

バス通りを行き来する車をぼんやりと眺めていたら、背後のロビーから誰か出てきた。プールの利用客らしき男性だ。僕の前を通り過ぎて駐車場に向かう。

続けて犬の散歩をしている女性が通り過ぎた。さらに仕事帰りらしきサラリーマンが、マフラーに顔を埋めて足早に歩く高校生が、こんな時間にまだ外を出歩いているランドセルを背負った小学生が、次々と僕の前を通り過ぎていく。

僕はひとり植え込みに座り込んで動けない。僕自身植物になってしまったような静けさで沈黙する。時計を見るとここに座り込んでからすでに三十分が過ぎていた。いつもは一時間くらい待っているのだが、今日は一段と寒い。

帰ろうか、と腰を浮かせたときだった。

僕のいる植え込みから少し離れた所で誰かが立ち止まった。コートのポケットに両手を入れ、細身のジーンズを穿《は》いてプールのロビーを眺めている。

女性だ。僕に背を向けしばらくロビーを眺めていたようだが、気が済んだのか再び歩き出した。しかし数歩進んだところで、また何か思い直したように足を止めて踵を返す。

こちらを向いたその人を見た瞬間、誇張抜きで息が止まった。大股で歩くその姿は、見間違えるはずもない、ひぐらしだ。

後ろ姿で気づけなかったのは、ひぐらしが細身のジーンズなど穿いていたからだ。逆上がりの練習をしたときを除けば彼女はどこに行くにも制服を着ていて、ジーンズなど穿くイメージがなかった。

ひぐらしは僕の近くまでやって来て再び足を止める。だが視線は僕に向かず、僕の背後にあるプールを見ている。

突然の再会に頭が回らず、声をかけることも忘れてひぐらしを凝視してしまった。あまり長いこと見詰めていたせいか、ひぐらしもこちらを見た。視線が合う。だがすぐに逸らされる。ひぐらしの表情はピクリとも動かない。完全に他人を見る目だ。その後は、いくら待っても僕の方へ視線が流れてくることはなかった。

説明なんていらなかった。一瞬で逸らされた視線が如実に物語っている。

僕はひぐらしから忘れられている。確実に。

唇から漏れた息が目の前を覆う。視界が白く凍りついたようになって、とっさに素早く瞬きをした。座っているだけで体はほとんど動かしていないのに、心臓の鼓動は大きくなる一方だ。

いつかこんな日が来ると覚悟していたつもりだったのに、実際その場に立たされるとショックでまるで動けない。

国営公園の前でひぐらしに声をかけた浅野はこんな視線を向けられたのか。それでも僕の誘いに応じてひぐらしと会ってくれた浅野がどんなに勇敢だったか、初めて理解した。かつて親しかった相手に他人のような顔をされるのはきつい。こちらが並々ならぬ好意を寄せていた相手ならなおさらだ。

指先が震えていることに気がついて、コートの胸の辺りをきつく握りしめる。

ひぐらしは相変わらず僕の後ろにあるプールを見ている。どう見てもひぐらしにしか見えないが、念のため彼女の右手に視線を向けた。火傷の痕があるから、やはりひぐらしで間違いない。

本人であることを確認して喜ぶ半面、ひぐらしに忘れられた事実に打ちのめされそうになった。そんな自分を鼓舞すべく、胸元を握りしめる手で拳を作って心臓の上を強く叩く。

彼女は僕を忘れている。でも確かにそこに立っている。周囲に連れと思しき人はいないので、自らの意思でここまで来たのだろう。こんな真冬の、市民プールに。

偶然立ち寄るような場所ではない。よしんばたまたま通りかかっただけだとしても、こんなに熱心にプールを見上げる理由なんてそうそうない。

偶然だろうか、それとも奇跡か。

何も覚えていなくとも彼女がこの場所までやってきたのなら、いいさ、いいとも。

何度だって「初めまして」から始めよう。

僕はもう一度自分の胸を叩くと、大きく深呼吸をしてひぐらしを見上げた。

「初めまして」

植え込みに腰を下ろしたまま、数歩離れた場所にいるひぐらしに声をかける。

ひぐらしは最初、自分が声をかけられたとは思わなかったらしい。プールから目を逸らそうとしないのでもう一度声をかけると、ぎょっとしたようにこちらを見た。

僕が会釈をすると、ひぐらしも声を出さずに会釈を返した。どう見ても、初対面の人間に声をかけられて戸惑っている顔だ。

本当に僕のことを忘れている。確かめるたびに傷ついて、でもそれを表情に出して彼女に警戒されぬよう笑顔を作った。

「プール、好きなんですか？」

ひぐらしは無言で瞬きをする。すでに足が後ろに逃げかけていた。それはそうだ。僕たちは初対面なのだから。

相手の顔を見詰め過ぎてはますます警戒されてしまうかと、首を巡らせて背後のプールを見上げた。

「僕もさっきまで泳いでたんです。こんな時期だから、中ががらがらでしたよ」

一呼吸おいてからひぐらしに視線を戻す。この隙に逃げられてしまうかもしれないと危惧していたが、ひぐらしはその場に立って、僕の視線につられたようにプールを見ていた。

立ち去らないでいてくれたことにほっとして、自然と声が柔らかくなる。

「真冬にプールに来るなんて、泳ぐのが好きなんですか？」

ひぐらしは我に返ったように僕を見ると、迷う表情で視線を揺らした。

返答に迷っているのか、僕に返事をするべきか否か迷っているのか。多分両方だったのだろう。かなり長いこと沈黙してから、聞き取れないくらい小さな声で答えた。

「あまり得意では、ない……と思います」

自分自身、確信が持てていないような顔で言う。

代わりに答えてあげたくなった。

君はクロールと平泳ぎができる。クロールはそんなに速くないけれど、教本に出てきてもおかしくないくらいフォームが綺麗だ。平泳ぎはようやく二十五メートルを泳ぎ切れるようになったばかりで、改善点は沢山ある。でも最初は五メートルも進めなかったんだから大した進歩だ。凄いことだよ。

今のひぐらしがすっかり忘れているだろう事実を胸の中でつらつらと述べる。ひぐらしも水に入ればわかるはずだ。習ったときの記憶はなくても、体はフォームを覚えている。

「泳ぐなら、まだしばらくプール開いてますよ。閉館九時ですから」

「あ、いえ、泳ぎに来たわけじゃないんです。水着も持ってきてないので」

僕を親切な利用者だと思ったのか、わずかだがひぐらしの顔から警戒が薄れた。

僕の頭越しにプールを見遣り、ひぐらしは困ったような顔で呟く。

「ただ、なんとなくプールの匂いを嗅ぎたくなって……」

何気ない一言に反応して心臓が鋭く跳ねた。

プールの匂い。それはどういう意味だろう。言葉通りでしかないのだろうか。

「……プールの匂いって、塩素の匂いですか？」

僕を見ないまま、ひぐらしは首を横に振る。

「塩素というか……プールサイドの匂いも含めた、プール全体の匂い、です」

多分それは、更衣室から続く狭い通路を抜けた瞬間に迫る、広々と明るいプールの匂いだ。温かくて、わくわくする。

かつてひぐらしはそれを、僕の匂いだと言ってくれた。

心臓が痛いくらい強く脈打っている。

ただの偶然だろうか。期待し過ぎるのは禁物か。それでも考えずにはいられない。彼女はどうしてこんな真冬に、プールの匂いなんて思い出したのか。

「僕、島津満っていいます」

唐突過ぎることは重々理解しつつ、僕は自分の名を名乗る。

当然ながら、初対面の人間に名を名乗られたひぐらしは困惑した顔で僕を見る。今度こそこの場から立ち去りそうな勢いだ。これだけ長いこと視線を合わせていても、何かを思い出すような素振りすら見せない。

ほら、期待するな。彼女は全部忘れているし、何も思い出せない。わかり切っていたことだ。長年つき合いのあった浅野はもちろん、一緒に暮らす両親のことすら思い出せないのだから。

僕だけが思い出してもらえるなんて思い上がりもいいところだ。それでも願わずにはいられない。彼女の中に、少しでも僕の記憶が残っていますようにと。

「君は?」

名前を尋ねると、わかりやすくひぐらしは警戒の表情を強めた。我ながら下手くそなアプローチだとは思う。こんなことならもっと真面目に、ひぐらしと会えたらどんな会話から始めるか考えておくべきだった。

せめてもう少し口が上手かったらよかったのに。スマートに女の子の名前を聞きだすこともできない。でも僕はこれまで誰かとつき合ったことがないし、こんなふうにちゃんと人を好きになったのも初めてなのだから手加減願いたい。

なかなかひぐらしが返事をしてくれないので、僕は弱り顔でこうつけ足した。

「本名じゃなくて、偽名でもいいです」

ひぐらしはなおも戸惑ったように口を閉ざしていたが、僕が一向に引き下がる気がないと理解したのか、ためらいがちに口を開いた。

どんな小さな声も聞き逃さぬよう、僕は耳に意識を集中する。英語のリスニングのテストだってこんなに必死にならない。息すら詰めて待ち構えていると、彼女の唇からふわりと白い息が漏れた。

「……ひぐらし」

真冬の夜に吐き出された白い息。その向こうから懐かしい名前が響いてくる。

瞬間、車道を走り去る車の音が、夏の驟雨にすり替わった。

耳を圧する雨の向こうから、セミたちの声が押し寄せる。

雨降りのバス停で初めて言葉を交わした。雨がやみ、ヒグラシの大合唱を背に君が口にした偽名。あの日、あの瞬間でなければきっと意識の端にも上らなかっただろうセミの名前。

どこかで救急車の音がする。ゆっくりと近づいて、遠ざかっていくその音が完全に消えてしまうまで、僕は指ひとつ動かすことができなかった。

ひぐらしがまだそこにいることを確認してから、両手で顔を覆う。頬に当たる指先は痛いくらいに冷え切って、掌の下から漏れる溜息は真っ白だ。

神様はいない。「もしかしたら」も起きない。

でも君が自分をそう名乗るなら、十分奇跡は起きた。

セミたちの声は聞こえない。
ひぐらしは、ただ不思議そうな顔で僕を見ていた。

もうヒグラシの声《こえ》は聞《き》こえない

青《あお》谷《や》真《ま》未《み》

2019年10月5日初版発行

発行者……千葉 均
発行所……株式会社ポプラ社
〒102-8519 東京都千代田区麹町4-2-6
電話……03-5877-8109（営業）
03-5877-8112（編集）
フォーマットデザイン 荻窪裕司(design clopper)
組版・校閲 株式会社鷗来堂
印刷・製本 中央精版印刷株式会社

乱丁・落丁本はお取り替えいたします。
小社宛にご連絡ください。
電話番号 0120-666-553
受付時間は、月～金曜日、9時～17時です（祝日・休日は除く）。

ポプラ文庫ピュアフル

ホームページ www.poplar.co.jp

N.D.C.913/230p/15cm
ISBN978-4-591-16404-4
P8111284